6
La detective,
muerta.
探偵はもう、死んでいる
二語十
[ill] うみぼうす

「いきなりここで
暮らせと言われてもな……」
君塚君彦
Kimihiko Kimizuka
――小学生

ダニー・ブライアント
Danny Bryant
——君塚の《師匠》
「なにをぼーっと
突っ立っている？
今日からここがお前の家だ」

コスプレ
名探偵
TANMOSHI

『セ、センパイ？
そ、その格好……』
寝転びながら
スマートフォンを
高々と上げたところで、
画面の中のミアが急に
慌てふためき始めた。
そういえば下着姿の
ままだった。
シエスタ
Siesta
『っ、世界を守る正義の
味方なんだからしっかりしてよ』

！
ミアは頬を赤らめ顔を両手で覆っているものの、
指の間からはしっかり目が覗いている。
なにがしたいんだろうか、この子は。
ミア・ウィットロック
「ごめんごめん、ちょうど着替えようとしてたところでね」

《調律者》
世界の安定と調和を保つために存在する十二人の使者。
各々が固有の役職と使命を持ち、この世界に降りかかるあらゆる危機と日夜格闘している。《調律者》が[redacted]した場合には、《連邦政府》の勅命により新たな人員が補充される。尚その際、新たな役職が新設される場合もある。

《世界の危機・敵》
戦争、環境破壊など人為的な世界危機にとどまらず、歴史上および科学的に想定しえなかった、この地球に仇をなす現象・存在の総称。
《第三次世界大戦》や、後述する《原初の種》、そして《[redacted]の反逆》などがこれに当たる。

《原初の種《シード》》
およそ五十年前に襲来した《世界の危機》であり、《調律者》の一人である《名探偵》の敵。ヒトに擬態し、また自身のクローンを使って《SPES》という組織を束ねながら、地球上で種の繁栄を目論んでいた。最後の戦いで力を使い果たしユグドラシルに吸収されたが、[redacted]をこの惑星に残した。

《聖典》
《調律者》の一人である《巫女》が編纂する、《世界の危機》を予言した書物。
その内容の機密性は高く、通常《連邦政府》高官ですら閲覧を許可されていない。
[redacted]によってその一部が盗み出されたが、その犯人の特異性によりなにが奪われたかについては不明であり現在調査中。

《連邦政府》
大国・ミゾエフ連邦を中心にした、いわば世界政府と称される組織。
《世界の危機》から地球を守るという唯一にして最大の目的を共通項として、国や大陸の枠組みを超えて存在している。彼らは皆すでに[redacted]であり、人前に姿を現すことは滅多にない。

《連邦憲章》
《調律者》に課せられるルールや、彼らが参加する《連邦会議》にまつわる取り決めがなされた規則。いつ、誰がどのようにしてこれを決めたのか、[redacted]や[redacted]のような例外を除いて、知る者はほとんどいない。

《虚空歴録》
前述の《第三次世界大戦》の引き金にもなった、この世界が抱えるとある秘密。
地球を滅ぼす生物兵器の設計図とも世界各国が闇に葬った政治的機密情報とも言われているが、その実態はあえて人類が知る必要はない。
かつてミゾエフ連邦の政策と当時の《調律者》の助力により《第三次世界大戦》は実質的な被害を出さず、《虚空歴録》の流出も未然に防がれた。
これからも世界は恒久的な平和が保たれていく。

《特異点》
調律された世界を維持していく以上、一刻も早い[redacted]が望まれる。

探偵はもう、死んでいる。6

二語十

MF文庫J

Contents

口絵・本文イラスト●うみぼうず

【7 years ago Kimihiko】

「じゃあつまり、キミは今回も無罪だと?」

その日俺は、行きつけの交番で白髪交じりの警察官が苦笑いを浮かべながら調書をまとめる様子を、我ながら疲れ果てた顔で眺めていた。

「言ったでしょう。僕はやってないって」

一体どこの小学五年生が、道行く女性の鞄《かばん》をひったくるというんだ。

「うーん、キミならやりかねないでしょ」

「僕を過大評価しすぎです」

いや、この場合は過小評価と言うべきだろうか。僕……俺は実家のような安心感すら覚えてしまうこの交番で、大きくため息をつく。

行きつけの交番なんてものが存在するのかと言えば、俺に関しては間違いなくイエスだ。事実、この一週間だけでこの警察官（交番所長らしい）に会うのはもう三度目。小学校に登校した回数よりも多かった。

なに?　小学生のくせに学校をサボりすぎだって?　仕方ないだろ。たとえば登校中、杖《つえ》をついたお婆《ばあ》さんが横断歩道を渡るのを助けたところ、そのお婆さんが振り込め詐欺の被害に遭っていることが分かって、あれよあれよと言う間に巨大な詐欺グループとのいざこざに巻き込まれたりするんだ。それが、俺が生まれながらにして持つ《巻き込まれ体質》という性質。のほほんと、学校に通っている暇なんてありはしない。

　そして今日も今日とて俺は登校途中に巻き込まれたひったくり事件の犯人と疑われ、顔なじみの所長と、この交番で不毛な攻防を繰り広げていたというわけだった。

「昨日も今日も明日も僕は無罪。いや、無実です」

　無罪というと、少しニュアンスが違ってくる。実は犯罪行為を為《な》したものの、証拠不十分や心神喪失などを理由に罪に問えない場合にも無罪という言葉を使うらしい。しかし俺は正真正銘、ひったくりも振り込め詐欺もやっていない。そういう意味で俺は、無罪ではなく無実なわけだ。前に暇な国語の授業中、辞書でそんなことを確認した記憶がある。

「その歳《とし》で随分と物知りだねえ」

　所長は間延びした口調で相槌《あいづち》を打ちながらも、俺の顔をじっと見つめると。

「ボクも定年間近でね。最後の数年をゆっくり交番勤務で過ごせると思っていたんだけど、キミのおかげでキャリア一忙しくなったよ」

　代わりに退屈もしなかったけど、と言ってニッと笑う。

　もうじき定年ということは、いずれ別の人間がこの交番に来るのだろうか。俺のこの厄介な体質が変えられない以上、今後もここに世話になることは確定している。緩い後任が来てくれることを祈るばかりだ。

「そろそろ帰ってもいいですか？　無実だということは分かってもらえたはずなので」

現場から少し離れた場所の監視カメラに、逃走するひったくり犯らしき男が映っていたらしく、背格好《せかっこう》がまるで違う俺は容疑者から外れたらしい。まだまだ子どもで助かった。まあ、いずれはもっと背は伸びてほしいが。

「それに、うちは門限があるので」

俺はそう言ってパイプ椅子から立ち上がった。

とは言え、門限に厳しい父や母が家で待っているわけではない。俺を待っているのは、施設のルール。物心ついた時から家族のいなかったはぐれ者の俺にとっては、生きる権利を保障してくれるその環境があるだけでありがたかった。

「ああ、もう少し待って。今日はキミに迎えが来るらしいからね」

すると所長は、意外にも俺に待ったをかけた。

迎えとはなんのことだろうか。俺が今お世話になっている児童養護施設の代表のおばさんは、俺がこういう体質であるということを悟ってからというもの、どんなトラブルを犯したところで良くも悪くも無関心を貫くようになった。よってわざわざ交番に迎えに来るなどあり得ないはずなのだが……。

「そんな話をしてる内に、ほら」

と、所長の視線が明らかに俺の背後に向いた。

「彼が身元引受人だよ」

キミにも親戚がいたんだねえと、そう言われて俺は思わず振り向いた。

そこに立っていたのは、シルクハットを目深に被《かぶ》ったスーツ姿の壮年の男性。一見きちんとした姿に思えたもののよく見ると、スーツやシャツにはよれがあり、履きつぶした革靴には泥がついている。そしてハットの下からは獣のように鋭い瞳が覗《のぞ》いていた。

「あんた、名前は？」

俺が訊《き》くと、男はやがてその相好を崩し、狼《おおかみ》のように大きな口を広げてこう名乗った。

「――ダニー。ダニー・ブライアント」

それが俺と《師匠》の出会いだった。

それから俺はダニーと名乗るその男に連れられて、古びた築四十年のアパートにやって来た。玄関を開けると、一枚扉を挟んで八畳ほどの和室が広がる。畳の匂いに馴染《なじ》みはないはずだが、日本人だからか、やけに懐かしく感じられた。

「なにをぼーっと突っ立っている？」

後ろからそう声を掛けてきた男はすれ違いざま「今日からここがお前の家だ」と言って、

卓袱台《ちゃぶだい》の前にどかっと座った。

そして早速、ぷしゅという音を立てて缶ビールを開ける。交番からここへ向かう途中、コンビニで買ってきたものだった。

「いきなりここで暮らせと言われてもな……」

俺は戸惑いつつ辺りを見渡す。壁には海外の土産物と思《おぼ》しき謎のオブジェが飾られ、他にも骨董品《こっとうひん》や美術品が部屋のあちこちに並んでいる。

旅行が趣味なのかガラクタの蒐集癖《しゅうしゅうへき》があるのか。これからこの部屋で、この正体不明のおっさんと二人で暮らしていくことを考えると頭が痛くなってくる。

「はは、そう難しく考えるな。小学生」

すると男は、俺をそんな肩書きというか括《くく》りで呼ぶ。

「帰る場所だとか、居場所だとか。そう硬く考えるな。小学生なら、そうだな、便利な秘密基地が一つできたぐらいに思っておけ」

おれもそうだ、とダニーは言う。どうやらこの家は彼にとっても、活動拠点の一つということらしい。部屋に置かれた土産物の数々を見るに、やはり普段はあちこち旅をしているのだろう。

「じゃあ、あんたはいつもこの家にいるわけではないと?」

俺は男から少し離れた場所に座布団を引き寄せ、そこに腰を下ろした。

「そういうわけだ。だから、おれに生活の面倒を見てもらえると期待はするなよ？」

「……親戚を名乗っておいてそれか？」

あの堅苦しい集団生活を強いられる施設暮らしと、どちらがマシだろうか。

「仕方ないな。家賃と光熱費、それから水道代はおれが払おう。大人だからな」

「その言い方が大人げないな。……ちなみに生活費は？」

「それは自分で稼いでもらう。なに、どこかへ働きに出ろとは言わない。これからおれが持ってくる仕事をお前には手伝ってもらう」

それが対価だ、とダニーは缶ビールを呷《あお》りながら言う。

「……まだ小学生だぞ、俺」

「労働をしている十一歳ならこの世界に幾らでもいるぞ。自分の常識が世界の常識と同じだと思うな」

見てきたようなことを言う――そう皮肉を口にしようとして、案外本当にそうなのかもしれないと思った。この男は世界中を旅して、その瞳になにを映してきたのだろうか。

「もう一つ、おれたちの間にルールを決めておこう」

するとと男は、俺がたった今考えていたことを読んだようにこんな提案をしてきた。

「おれたちはこの家を共に拠点とするにあたって、互いのことを詮索しない」

それが唯一のルールだ、とダニーは真面目な顔つきでそんな約束を迫った。

「唯一のルールにしてまでそう取り決めるってことは、よほど他人に詮索されたくない秘密があるということか？」

「はは、勘が鋭いな！」

俺のなけなしの推理を、男はさもコメディ映画の一幕かのように笑い飛ばした。

まだ出会って数十分。

それでも第一印象として、一緒にいて疲れる人間であることは間違いなさそうだった。

「もう一つだけ、訊《き》きたいことがある」

詮索はしないと約束させられたが、俺も今日いきなりここへ連行されたのだ。もう一つぐらいの質問は許されるだろう。そう思って俺はこう尋ねた。

「なぜあんたは俺を引き取った？」

親戚と言っていたが、それはどう考えても嘘《うそ》だろう。ではなんのメリットがあってこの男は俺に目をつけた？　さっき言っていた仕事を手伝わせるのが目的か？

いや、労働力が目当てならもっと良い人材はいるだろう。であれば、恵まれない子のための人助け？　警察も認知しているということは、正規の手順を踏んだ養子縁組なのだろうか。俺は一切聞かされていなかったが……。

「物事に必ず理由を求める。賢い子だ」

すると男は目を細めて俺を見つめる。それから。

「その姿勢を忘れるな。そしていつか、その謎を解き明かしてみろ」

ニッと白い歯を覗《のぞ》かせ、結局俺の質問には答えてくれなかった。

「悪いなあ、大人の事情って奴《やつ》なんだ」

「……その言葉、一番嫌いだ」

男は俺の不機嫌そうな顔を見てさらに笑う。

「はは、そうか。じゃあ詫《わ》びの印になんでも好きなものを食わせてやる。なにがいい？」

そう言いながら男は飲み終えたビールの空き缶を手で潰し、また二本目に手を伸ばす。

俺はそんな様を見ながら、そういえばと思いついたことを口にした。

「一度頼んでみたかったんだ、デリバリーのピザ」

Lサイズの、と言うと男は。

「実はそう言われると思って頼んでおいた」

あと五分で着くぞ、と携帯電話を片手に笑った。

そうして俺とダニーの奇妙な二人暮らしは始まったのだった。

【ある少年の語り①】

一年中夏を感じられる高温多湿の国――シンガポール。今、そのベッドタウンに俺たち四人はいた。

「いやあ、美味《おい》しそうですね！」

気持ちの良い風が吹き抜ける、外に面した食堂にて。正面の席に座った斎川《さいかわ》が、ランチを目の前にして「いただきます！」と元気よく手を合わせる。

なんでもここは世界的に有名なレストランガイドブックで星を獲得した店らしいのだが、こうしてマンションの一階部分にフードコートのように居を構えているのは、この国ではありふれた光景らしい。改めて文化は世界各国それぞれだなと思わされる。

「はあ、やっと食事にありつけたわね」

すると今度は、斜め前からシャルの不満げな視線が向く。

「誰かさんがいるだけで、こんなに物事が予定通りいかないなんて」

いい迷惑だわと愚痴りながらシャルは、昼食のポークヌードルを啜《すす》る。

どうやらこの食堂に来る前に、俺がうっかりスリを捕まえた結果、時間が押したことにシャルは不満を抱いているらしい。

「まあまあ。まだ予定の時間には早いんだし、別にいいじゃない？」

そう苦笑しつつシャルを宥《なだ》めるのは、俺の隣に座った夏凪《なつなぎ》だった。

俺たちがこの国を訪れた目的——すなわち《連邦政府》高官とのとある会議は、今日の午後六時の開催が予定されている。

議題は、夏凪渚《なぎさ》の《調律者》就任に関して。彼女が新たな《名探偵》になることが妥当か否《いな》か、改めてその判断が下されるらしい。

「タフな話し合いになるかもしれないからな。今のうちにエネルギーを蓄えとこう」

俺は自分にもそう言い聞かせ、大きなチキンにフォークを突き刺す。

「名探偵、か」

ふと夏凪が、恐らくはその言葉に込められた多くの意味を咀嚼《そしやく》しながら、視線を遠く外に向けた。新たに《名探偵》になる者がいるということは、その役職を降りる者もまたいるということだ。

その人物の名は——シエスタ。

遡ること約一ヶ月前。俺たちは、心臓を取り戻した《名探偵《シエスタ》》と共に、世界の敵である《原初の種《シード》》と最後の戦いを繰り広げた。そして最終的には、敵であったはずのヘルの献身によってシードを大樹に封印するに至り、長かったこの物語は幕を閉じる——はずだった。

ところが、その後戦いを終えたシエスタはある事情により眠りに就かなければならなくなり、今も目を覚ますことなく日本の地で昼寝を続けている。俺たちはそんな彼女の眠りを覚ます方法をいつか見つけるまで、物語の幕を降ろさないことに決めたのだった。

「これからだよね。あたしたち」

隣に座る夏凪《なつなぎ》が、気合いを入れ直すようにぱちんと自分の両頬《ほお》を叩《たた》いた。

確かに、失われたものはある。変わったものはある。

しかしそれでも、消えずに受け継がれたものもそこにはあった。

「君塚《きみづか》？　どうかした？」

夏凪が不思議そうに首をかしげる。

風が吹き、柔らかく揺れる彼女の髪の毛は——ショートカット。

今はもういない、だけど確かに彼女の中にいたもう一人の顔が、ふと見えた気がした。

「いや、美人はどんな髪型も似合うと思ってな」

「……君塚ってそゆこと平気で言ってくるタイプだっけ」

すると隣からなにやら、しょぼしょぼとした声が漏れてくる。

「多少正直になった方が、物事がスムーズに進むことを学んだ」

テンポを大事にしようとはかつての名探偵の教えだった。思ってもいないことを口にしたり、その逆で本音を伝えなかったばかりにトラブルが悪化したりするのは、第三者から見てもヘイトが溜《た》まるだけだ。そしてなにより当事者にとっても不利益しかない。この数

ヶ月、色んな件を通してそれを学んだのだ。

「じゃあ君塚《きみづか》さん！　わたしのことも褒めてください！」

と、挙手をしながら会話に入ってきたのは斎川《さいかわ》だった。

「『じゃあ』の意味がよく分からないんだが？」

「やだなあ君塚さん。アイドルなんて承認欲求の塊ですよ？」

「トップアイドルが真顔でそういうことを言うなよ」

まあいい、ここもテンポだ。

俺は対面の斎川をじっと見つめた上で、気合いの入ったネイル、いつもと違う髪型、最近変えたシャンプーや香水の匂いなど、思いつく限りの点で斎川を褒め称《たた》えた。

「……あ、そう、ですね。えっ、と、ありがとうございます……」

「おい斎川。なぜ顔を引きつらせる？　なぜ椅子をちょっと後ろに引く？」

おかしい。褒めろと言われたから褒めたのに、あまりにも理不──

「いや、引かれるのも妥当でしょ」

俺がいつものごとくため息をつこうとすると、それすらも遮って夏凪《なつなぎ》が呆《あき》れた視線を飛ばしてきた。

「普通に怖《こわ》い。そこまでつぶさに女の子を観察してるの、さすがに怖すぎるから」

「探偵助手として人間観察は必須技能だろ？」

「それをあたしたち女子に向けないでって言ってるの！」

夏凪は斎川と抱き合い、「怖いね～」と言い合いながら俺を白い目で見てくる。

なんだ、この仕打ちは。

「やれ。シャル、どうやら二対二の構図ができあがったみたいだぞ」

「なんでワタシがキミヅカの味方をする前提なのよ」

するとこの中で最も付き合いの長かったはずの金髪エージェントまでが呆れた目で俺を見つめる。

「そういえばシャル、もうすぐ誕生日だよな。欲しいものあるか？」

「プレゼントで懐柔しようとしてきた!?　……その前になんでキミヅカがワタシの誕生日を知ってるのよ」

深い意味はない。ただ、やたらと記念日にこだわる探偵が相棒だったからな。

「キ、キミヅカがワタシの誕生日を知ってくれてるだなんて……。って、なんでちょっと喜んでるのよ、ワタシ……そんな、バカなこと……」

「ユイ！　勝手に意味不明なアテレコしないで！」

シャルが斎川の髪の毛を両手でわしゃわしゃといじると、斎川は「すみません～」と謝りながらもはしゃいだ笑顔を零《こぼ》す。

平和な光景を目にしながら取る食事は、二割増しで味が良くなる気がした。

「あたし、プレゼント貰《もら》ってないんですけど？」

するとそんな二人をよそに、隣の夏凪《なつなぎ》がなにか言いたげに視線を寄越《よこ》してきた。

確か、彼女の誕生日は――六月七日。

それは俺と夏凪が放課後の教室で出会い、彼女の心臓にまつわる相談を受けた日の直前だった。

「プレゼントは、また来年だな」

「つまり来年も一緒にいるってこと？」

と、今度はなぜか嬉《うれ》しそうにしながら、夏凪は短くなった髪の毛を耳にかける。

――来年。順調に行けば高校も卒業しているはずの俺たちは、その頃どんな暮らしをしているのだろうか。俺たち全員の願いは、果たして叶《かな》っているのだろうか。

「わたしは十二月なのでまだまだ間に合いますね！」

俺たちの話を聞いていたのか、次に斎川《さいかわ》が誕生日プレゼントを求めてきた。

「今さら斎川に欲しいものなんてあるのか？」

彼女のあの豪邸を見れば、すでに欲しいものはすべて手にしているように思えるが。

「物理的なものはそうかもですが、代わりに、その、やりたいことはありまして……」

すると斎川は珍しく言《い》い淀《よど》み、やがて上目遣いで俺たちをちらちらと見ながら。

「みんなで、誕生日パーティがしたいです」

そんな、今までの斎川にとっては当たり前ではなかった願いを恐る恐る口にした。

「やる！　絶対やる！」

がたんと音が鳴り、テーブル越しに夏凪が斎川を抱きしめた。

斎川は一瞬驚いた顔をして、それからホッと安堵《あんど》の表情を浮かべる。

色んな事件、なんて安易な言葉では片付けられないほどの出来事を通して、夏凪も斎川も本当の友人になったのだ。

「お前はいいのか？」

そんな二人の姿を間近に見ながら、なにか迷うように手を出したり引っ込めたりしている不器用なブロンド少女に俺は声を掛けた。その輪に飛び込む勇気は、彼女にはまだないらしい。

「ワタシは、別に」

やがて諦めたようにシャルはそう小さく零《こぼ》す。

それでも手帳を取り出すと、なにやら先の日付の予定を書き込んでいるように見えた。

「……なによ？」

別に。ただ、素直じゃないなと思っただけだ。昔の俺によく似ていて。

「そういえば、君塚《きみづか》さんの誕生日ってもう過ぎてましたっけ？」

本当はそれもお祝いしたかったんですが、と斎川が訊《き》いてくる。

「キミヅカは五月五日よ」

「シャル、なんでお前が答えるんだ」

そしてお前も俺の誕生日知ってるのかよ。

「へえ、子どもの日なんですね」

斎川《さいかわ》がアイスティーに口をつけながらそう相槌《あいづち》を打つと、さらに。

「そういえば、どんな子どもだったんですか。君塚《きみづか》さんって」

その問いに、他二人の視線もまた俺に向いた。

特に夏凪《なつなぎ》は「確かに気になるかも」と俄然興味を示してくる。

「あたしが知ってる君塚って、シエスタと出会ってからの君塚だけなんだよね」

「まあ、確かに喋《しゃべ》ったことはなかったな。その辺りのことは」

シエスタと旅に出る前、俺の子ども時代、そして誕生日の思い出——頭のどこか奥に仕《し》舞《ま》い込《こ》んでいた、いくつかの断片的なエピソードが久しぶりに顔を出す。

「別に面白い話なんてないからな」

だけど、それらはきっと誰に語るまでもない思い出だ。

だから俺は誰かに訊《き》かれない限り、自らその話をしようとは思わない。

「面白さなんて、そんなこと求めてないわよ」

しかし意外にもシャルが、視線を外しながらもそう言ってハードルを下げた。

そしてもう一人。

「あたしたちはただ、君塚のことをもっと知りたいだけだよ」

夏凪の笑顔に、言葉に、俺は思わず惹《ひ》き付《つ》けられる。

……ああ、そうだ。放課後の教室で初めて彼女に会ったあの時も、同じだった。

「だから、聞かせてよ」

夏凪が優しく微笑《ほほえ》みかける。

その言葉を掛けられた以上、俺がどうすべきなのかはもう決定されている。

ヘルの《言霊》に――いや、夏凪の心からの言葉に、俺はこれからもどうしようもなく突き動かされていくのだろう。

「少し、長い話になるかもしれないぞ？」

奇《く》しくも次の予定まで時間はたっぷりある。

とすると、どのエピソードから順に語るべきだろうか。

俺は数年前の過去を、まずは一つ一つ思い出すことから始めた。

【ある少女の語り①】

「おはようございます、シエスタ様」

私は水を入れ替えた花瓶を窓際に置きながら、ベッドですやすやと寝息を立てている少女に声を掛けます。私とそっくり同じ顔の彼女は、午後の陽差《ひざ》しに照らされて満足げに昼寝をしていました。

けれど決して私の呼びかけには応えず、目を覚ますこともない彼女の名は、コードネーム——シエスタ。世界を救った探偵でした。

「暦の上では秋でも、まだまだ暑い日が続きますね」

私はそう独り言を零《こぼ》し、窓の外の景色を見ながら、そのどこか遠くに聳《そび》え立《た》っているであろうとある大樹に思いを馳《は》せます。まだ残暑厳しい九月の太陽は、かつて光を忌み嫌っていた彼や彼女にも降り注いでいるのだろうか、と。

太陽光を浴びると細胞が破壊されてしまうという生命体シードと、夏凪渚《なつなぎなぎさ》というあまりに眩《まぶ》しい別人格を内包していたヘル。そんな二人が今、どんな植物よりも空高く幹を伸ばし、目も眩《くら》むような陽《ひ》の光を浴びているというのは、一見なんだか切ない皮肉な話にも思えます。

しかし今となってはもう、彼らは太陽と仲直りをしていることでしょう。でなければあんなに大きな木に育つこともありません。王子とツバメは暖かな陽差しに照らされてゆっくり眠りに就いているはずです。

それは今の、シエスタ様と同じように。

「…………」

私は近くの椅子に腰掛け、ベッドで眠る白髪の少女に再び視線を落とします。

本当であればあの一ヶ月前の決戦を終え、シエスタ様にはハッピーエンドが訪れるはずでした。かつてヘルが奪った心臓はシエスタ様の左胸に還《かえ》され、また《発明家《やみいしゃ》》スティーブン・ブルーフィールドによって夏凪渚と共に命を救われる。そうして君塚君彦《きみづかきみひこ》を再び助手に据えて、新たな冒険に出るのだ、と。

そんな誰もが望む結末が実現されなかった理由はただ一つ、シエスタ様の心臓に埋められた《種》でした。かつてシードによって分け与えられたその《種》はシエスタ様の意識が覚醒している限り成長を続け、やがて発芽すると器の肉体を乗っ取り、宿主を怪物に堕《お》とすというものだったのです。

すでに心臓に深く根を張った《種》を取り除くことは、スティーブンの腕をもってしても敵《かな》わず……それでも唯一シエスタ様を生存させられる方法が、彼女を眠らせておくことという対症療法でした。シエスタ様の意識が目覚めている間だけ《種》が成長を続けるのであれば、彼女を眠らせ続ければいい、と。

無論、それは問題の根本的な解決にはなっておらず、いつか訪れる別れを先延ばしにしているだけなのかもしれません。……ですが私は「それでも」と思ってしまうのです。いつかシエスタ様の左胸に植えられた《種》を取り除く方法が見つかるのではないかと。どこかのアイドルが、エージェントが、あるいは新たな探偵が、その助手が。いつか誰かが、シエスタ様を深い午睡から目覚めさせてくれるのではないかと。

そんないつかを妄想して、私は今日も花瓶の水を取り替えながらシエスタ様の寝顔を見つめるのです。同じ顔といえども、私より遥《はる》かに柔和な表情を浮かべる主《あるじ》の顔を。

「ええ、この寝顔はしばらくの間、私だけが独占することにいたしましょう」

現在、君塚君彦《きみづかきみひこ》、夏凪渚《なつなぎなぎさ》、斎川唯《さいかわゆい》、シャーロット・有坂《ありさか》・アンダーソンの四人は、日本を離れて東南アジアのとある国を訪れています。夏凪渚が新たな《名探偵》に就任することの是非に関して、《連邦政府》からの呼び出しがあったようです。

問題がなければじきに彼らは帰ってくる予定なのですが、この数日はシエスタ様の元メイドである私が、そのお世話を代わって引き受けていたというわけです。

……それにしてもまさか、私が今日に至ってもなおシエスタ様のそばにいることになるとは。

「私自身、こんなに長生きすることになるとは思いませんでした」

元々私は、シエスタ様の肉体を借りる形で《発明家》スティーブンによって生み出された人工知能。その存在意義は、シエスタ様の遺志を君彦ら四人の仲間に託し、彼らが抱える課題を解決させ成長させることだけでした。

しかし気付けば君彦はシエスタ様を生き返らせるなどという禁忌《ねがい》を口にし、いくつかの犠牲を捧《ささ》げながらそれを実現させてしまった。そしていつの間にか彼のそんな計画に巻き込まれてしまっていた私は、図らずも新たな身体《からだ》を手に入れこうして主の寝顔を見つめているというわけです。

「これもシエスタ様の計画のうちだったのですか？」

当然、自分が生き返るなどという未来は想定していなかったはずですが、それでもシエスタ様であれば、使命のためだけに生み出された私を気遣い、手を差し伸べようと考えていたとしても不思議ではありません。コードネーム——シエスタは、そういう探偵でしたから。

そしてあらゆる未来を見据えていた名探偵は、過去もまた大切にしていました。

私はふと壁の時計に目をやり、君彦たちから来るはずの定時連絡の時間にはまだ早いことを確認した上で、とある手記を手に取りました。それは以前、スティーブンを通してシエスタ様から託されていたものです。

確かに、私のデータベースにもシエスタ様の過去は蓄積されています。ですがたまにはこうして紙の本を手に取り、滲《にじ》んだボールペンのインクを通して、当時に思いを巡らせてみるのもまた一興でしょう。

「他の誰にも見せないのでご容赦ください、シエスタ様」

ゆえにこれは私たち二人だけが知る記録で、記憶。

三年共に旅をした助手すら知らない、探偵の秘密の物語。

その手記は、四年前のある日付から始まっていました。

【第一章】

◆四月二十四日　シエスタ

「来ましたか。コードネーム――シエスタ」

その日、《連邦政府》からの呼び出しを受けてイギリスにあるミゾエフ連邦大使館を訪れていた私は、通された大部屋に設置されたプロジェクターの映像を眺めていた。

わざわざ人を呼び出したからには当の本人がいるものだと思っていたけれど、相変わらず彼女は遠い異国からこの映像を配信しているらしい。着物を身に纏《まと》い、仮面を被《かぶ》ったその政府高官は表情を見せぬままさらに私に話しかける。

「こうして顔を合わせるのはあなたの《名探偵》就任以来ですね。その後変わりはないですか？」

顔を隠したままよく言う。そして特に私を心配しているような声色には聞こえない。

けれど私たちと彼女たちの関係は所詮こんなもの。あらゆる危機から世界を護《まも》るというその一点を最大かつ唯一の目的として、《調律者》と《連邦政府》はビジネス上の関係を築いている。

「ええ、久しぶり――アイスドール」

私は立ったまま、《連邦政府》高官のコードネームを口にする。

「あなたたちに《名探偵》に任命されてから約一年。だけど、どんな肩書きを背負ったところで私のやることは変わらないから」

アイスドールのつまらない挨拶にそう返事をすると、映像の中の彼女は小さく鼻で笑った。仮面の向こうではどんな表情を浮かべているのか。声の印象からするとそれなりに高齢だと感じられるが、同時に老獪《ろうかい》さも滲《にじ》み出ている。

「《原初の種《シード》》の討伐。《名探偵》たるあなたがそれを成し遂げることを我々も祈ってはいますが、あなたとアレには一体どんな因縁が？」

アイスドールが疑問を口にする。

そう、私は正式に《調律者》になる前から個人的に《原初の種》を追っていた。だから《名探偵》という肩書きに関係なく、私は自分に課した使命として《原初の種》率いる《人造人間》たちを討伐することを目的としていた。

ただ《調律者》という立場に身を置くことによって、随分と融通が利くようになった。堂々と銃を所持することだって普通の身分のままでは叶《かな》わなかっただろう。だから今、こうして《連邦政府》と共に仕事をすることを苦痛だとは感じていなかった。

「《原初の種》に対してなにか、個人的な恨みでも？」

押し黙っていた私に、高官アイスドールは重ねてそう尋ねてきた。

「……さあ。ただ、私にはアレを倒す使命が遺伝子に刻まれているだけ」

なぜ自分は《原初の種》にそこまで拘《こだわ》っているのか。実際のところ、それは私にも分からない。けれど私にはある年の数ヶ月分、欠けた記憶がある。そこになにか秘密があるとは思うのだけれど、今のところ失われた記憶が帰ってくる気配はない。

それでもこの身に染みついた本能が、敵の危険な匂いだけは覚えていた。そうして《原初の種》を追いながら、あるいは逆になぜか様々な組織に追われながら……行く先々で様々な事件を解決していたからか。気付けば私は《調律者》なる肩書きを与えられ、正式に《原初の種》を倒すことを仕事として任されたのだ。

「それで？　今日は一体なんの用？」

それから私は本題をアイスドールにぶつけた。《原初の種》討伐については現状、特に進展があったわけではない。またそもそもそのような報告義務があるとも聞いていない。むしろ《調律者》が《連邦政府》とこうして直接コンタクトを取る機会もあまりないらしい。同じ《調律者》同士で集まる《連邦会議》にすら、政府の人間が顔を出すことは少ない。それぐらい私たち《調律者》は本来、独立した組織として存在している。

「ええ。その件ですが、コードネーム――シエスタ」

するとアイスドールは改まった調子で私の名を呼び、そして。

「あなたには、日本へ行ってもらいたいのです」

「……日本？　なぜ私が？」

あのアジアの島国に一体なにがあるというのか。《原初の種《シード》》が潜伏しているというような情報も今のところないはずだけれど。

「《名探偵》に捕まえてほしい男がいます」

アイスドールが言うと、スクリーンの映像が切り替わった。

そこに映し出されたのは、癖毛と顎髭《あごひげ》が特徴的な三十代後半と思《おぼ》しき男の写真。汚れた靴、皺《しわ》の入ったシャツ。シルクハットを目深に被《かぶ》り、わずかにその下から覗《のぞ》く瞳には、なぜか楽しそうな輝きがある。記憶を辿《たど》るも見覚えはなかった。

「――ダニー・ブライアント」

アイスドールは男の写真をスクリーンの片隅に残し、再び映像に戻ってきた。

「かつて政府側の人間として働いていたこの男には現在、スパイ容疑が掛けられています。一年ほど前、我々《連邦政府》にまつわる機密情報を持ち出した上で逃亡。そして彼が最後に目撃された場所が……」

「日本、ということ？」

私が訊《き》くとアイスドールは小さく頷《うなず》いた。

「ええ。それから一年にわたって様々な策を講じて捜索を続けているところですが、現状手がかりはなく。そこでぜひ、あなたにも力を貸していただきたいのです」

なるほど、確かにダニー・ブライアントが持ち出したという機密情報次第では、それは私たち《調律者》が解決すべき《世界の危機》に類する事態なのかもしれない。けれど。

「一年前、《調律者》に任命された際、私はこう聞いた。大いなる一つの危機に対しては通常、一人の《調律者》が対処に当たること、と」

この世界に訪れる危機は無数にあり、基本的に《調律者》は割り当てられた一つの仕事を専任する。たとえば《情報屋》など、他の《調律者》のサポートに回る存在もいるが、それも大きな括《くく》りで言えば一つの仕事に専念しているわけだ。

そして私――すなわち現在の《名探偵》に課せられた役目は《原初の種》を破壊することのはず。にもかかわらず今まったく別の使命を……日本で逃亡した間者を捕らえるという仕事を、あろうことか政府側の人間が持ちかけてきて良いものなのか。

「ですからこれは個人的な依頼です」

すると一転、アイスドールはどこか笑みを湛《たた》えたような声で言った。

「探偵シエスタ、私の依頼を聞いてもらいたいのです」

……なるほど、とそのやり口に感心してしまった。

私はこの一年以上、《原初の種》を追いながら、普通にと言うべきか探偵業をやりながら生きてきた。そのことも私が《名探偵》に指名された要因なのだろう。とは言え。

「こんな子どもに頼り切りで恥ずかしくないの？」

私は国によってはまだ義務教育を受けているような年齢。そんな幼気な少女に、この老《ろう》猾《かつ》な高官は一体どこまで喰《く》い下がってくるのか。

「あなたが子ども？　人の十倍の密度で生きてきた人間を、普通の少年少女と同じ尺度で測れるはずがないでしょう」

「精神年齢の話とは言え、勝手に私を百歳オーバーの老婆設定にしないで」

「歳《とし》を取ることの素晴らしさを、あなたもそのうち実感しますよ」

それを言う本人に今一つ信用がないため素直に頷《うなず》けない。

同じ台詞《せりふ》をたとえば《情報屋》が言うのなら、私もその通りだと思えたのだろうか。彼は確か、人間の平均寿命の倍の年齢を生きている。事実、まだ幼い私には見えない景色というのも、きっとこの世界には溢《あふ》れているのだろう。

「……分かった、引き受けてあげる」

納得できない部分はあるものの、探偵への依頼という形を取られたからには仕方ない。

それに、人捜しは探偵の得意分野だ。私はダニーの顔を脳裏に焼き付ける。わざわざデータで送ってもらわずともこれぐらいなら覚えられる。

「あなたならそう言ってくれると思いました」

また適当なことを。なんだか上手《うま》く丸め込まれた気がしないでもないけれど、どちらにせよ日本には行ってみたいと思っていたところだった。これもちょうど良い機会なのかもしれない。

「……どうして私は日本に行きたかった？」

ふと疑問が頭に過《よぎ》る。なんとなくずっとそう思っていた気がするのだけれど、よく考えると思い当たる理由がなかった。なぜ私はどこかあの国を懐かしく思うのだろう。

「明後日《あさって》の便を用意します。それまでに準備をしていただけますか」

私の独り言は聞こえなかったのか、スクリーンの向こうでアイスドールがキーボードを叩《たた》く。

「いや、明日の一番早い便でいい」

私がそう言うとアイスドールは一度手を止めた。

「荷物はトランク一つ。いつでも、どこにでも行く準備はできている」

「……それは心強いことです」

ただ、今晩はロンドンのあの時計台に行こうと思った。そこに住む後輩とはしばらくのお別れだ。この時代、離れていてもコンタクトを取る手段は無数にあるけれど、一応お別れパーティぐらいはしてから行こう。なんだかすごく泣かれる気もするけれど。

いや、彼女ならこうなる未来も予知していたりするだろうか。私が遠くに行くことが、彼女にとって世界の危機と言えるような出来事ならば、だけれど。

「ところで、一つ良い？」

私は、スクリーンの向こうで退室しようとしていた政府高官に話しかけた。

「そのダニー・ブライアントという男は、一体どんな機密情報を抱えて姿を消したの？」

数秒の沈黙が流れた。

わざわざ政府高官が個人的なお願いを使ってまで捜索したいスパイとやらは、《連邦政府》についてどんな重要な秘密を握っていたというのか。仕事を引き受ける以上、それぐらいのことは教えてもらいたいところだった。……けれど。

「今それは教えられない、と」

アイスドールの仮面はなにも語らない。

だけどその無言をもって私は答えを得た。

「じゃあせめて、私が彼をこの場に連れて来られたら答えを教えて」

それが今回の依頼の報酬、と私は付け加えた。

仕事の大きさを考えれば、これぐらいのずるさは許容されるはずだろう。

「やはりあなたは、子どもじゃない」

アイスドールが冷たく笑う。

「いえ、まだまだごっこ遊びが楽しい年頃です」

私はあえて敬語を使いながら踵《きびす》を返し、その場を後にしようとして。

「そういえば」

まだ背後のスクリーンで、高官が私を睨《にら》んでいるだろうと予想してこう訊《き》いた。

「どうですか？　ミゾエフ連邦での暮らしは？」

再び沈黙が流れる。答えはなし。

ならば悠長にしている時間はない。私は背を向けたまま歩き出す。

「ええ。それは、それは素晴らしいですよ」

すると彼女は私の背中に投げかけるように、

「いつかあなたのことも招待したいと思っています」

きっと、微塵《みじん》も思っていないことを言った。


それから可愛《かわい》い後輩のいる時計台を訪れた私は、彼女にしばらくこの国を離れると告げた後（予想通りしくしく泣いていて可愛かった）、借りていたマンションの一室で荷造りを行った。

家具と家電は備え付けの部屋だったためすぐに引き払う手筈《てはず》を整え、あとは身の回りの私物をトランクに詰めるだけで旅の準備は完了した。これで明日の朝はもう空港に向かうだけだ。

「この街もしばらくは見納めかな」

私は部屋の窓を開け、煌々《こうこう》と輝く満月に照らされた街並みを見て思わず呟《つぶや》く。大事な後輩を一人置いていくことは少し忍びないけれど……どちらにせよ、今後これから本格的に《SPES》《スペース》と争うようになることを考えると、この出向という名の旅はちょうど良い機会なのかもしれなかった。

「冷えてきたね」

この時期のイギリスはまだ夜風が冷たい。私は窓を閉め、カーテンを閉じる。そろそろ寝ようか。あれだけ堂々と準備はできていると言っておきながら、飛行機に乗り遅れては名探偵の名が廃る。そんなことを考えながらベッドに向かい——その瞬間、背後に風を感じた。たった今、窓は閉めたはずだったのに。

「戸締まりには気をつけろ？　夜は狼《おおかみ》が出るぞ」

鍵を閉め忘れたか。いや、そんなものは彼の前ではなんの役にも立たないだろう。私はため息をつきながらベッドへ向かい、布団に潜り込む。

「無視とは酷《ひど》いな。それともなにか、暗に狼《おれ》に襲いかかってくれとそう言いたいのか」

相変わらずよく口が回る男だ。

仕方なく私は起き上がり、ベッドに座ったままその侵入者に尋ねる。

「あなたは狼男じゃなくて吸血鬼でしょ——スカーレット」

白いスーツを着たその男は、暗い部屋の隅、壁に背をもたれるようにして立っていた。彼の口元には赤い血が付着している。

「ん？　ああ、これは失礼した。だが人は誰も殺してはいないぞ」

私の視線に気付いたスカーレットは弁明しながら、ハンカチで血を拭った。

「ほんの少し血を分けてもらったに過ぎない。それも禁じられては、オレはこの世界で生きていけないからな」

スカーレットは「仕方あるまい？」と、私にその妥当性を説いてくる。彼が望んでそんな生き方をしてるわけではないことは知っているけれど、そもそも私はその是非を判断できるような立場にはなかった。

「それで、こんな夜になにか用？」

私は小さくあくびをしながら尋ねる。

まあ、彼は夜にしか現れないのだけれど。

「妻のもとを夫が訪れるのに理由がいるのか？」

出た、これだ。スカーレットに初めて会ったのは最初に《連邦会議》に参加した一年前。私より遥《はる》かに先輩の《調律者》であるという彼はそこで私を一目見て以来、なにかと話しかけてくるようになり、今ではこうして立派にストーカーをされている。今はロンドンを拠点にしているらしいけれど、まさかそれも私がいるからという理由ではないよね？

「あなた、歳《とし》は幾つ？　ロリコンって言われるよ」

そもそも私はまだ結婚できるような年齢ではない。国によるかもしれないけれど。

「吸血鬼から見れば人間などみな幼子だ」

スカーレットは澄ましたように笑う。

「オレの花嫁は、強きが絶対条件でな。お前は十分その条件を満たしている」

まったく格好《かっこ》よくないのにすかしたように笑うのは彼の十八番《おはこ》だった。

そうかな。同じ女で《調律者》なら、風靡《ふうび》の方が上のはずだけど。

「どうだ？　お前がオレの女になったらこの世界の半分をくれてやるぞ」

「RPGのやり過ぎだね」

私がそう言ってプロポーズを断ると、スカーレットは再びふっと笑って窓へ近づく。

そして。

「上の奴《やつ》らに、なにか言われたみたいだな」

声色が少し変わった。それは今日のアイスドールとのやり取りのことを言っているのだろう。どうやらそれがスカーレットの本題らしい。

「影にでも潜って盗み聞きしてた？」

「はっ、そこまでこの身体《からだ》は便利じゃない」

空想上のヴァンパイアのように影を移動できればさぞ楽だろうな、とスカーレットは苦笑する。実際彼はそう見せかけることができるだけで、本当に影の中に消えることはできない。

それを再現しているのは、普段は彼の身体に仕舞《しま》い込《こ》まれている両翼。幾億通りの明暗のパターンを生み出せるというその翼は、光の屈折を操り、人の視界を欺き、スカーレットをまるで闇の中から突然消えたり現れたりするように見せかける。吸血鬼という非現実を生み出しているのは科学。そう、元々彼らを生み出したのは——

「オレたちは、奴らの奴隷ではないぞ」

月夜が覗《のぞ》く窓の下、スカーレットは私を見つめる。

ここで言う奴らとは、《連邦政府》の高官たちのことだろう。扉を一枚挟んで聞いていたのか、盗聴でもされていたのか。スカーレットは、私とアイスドールが交わしたあのやり取りに納得がいっていないらしい。

「本来《連邦政府》と《調律者》は対等であり独立した組織。にもかかわらずお前に命令を下すということは、なにか裏があるぞ」

……いや、納得がいかないというよりか、これは。

「もし奴らに不当に従わされているとしたら、オレがあいつらを——」

「大丈夫だよ」

私はスカーレットが恐らく口にしようとしていた申し出を断った。

「私は私の意思でこの仕事を引き受けた。探偵としてね」

それは《名探偵》としてでは、なく。

「いつの時代も真面目だな、探偵は」

スカーレットはわざとらしく肩を竦《すく》める。

こういう振る舞いを見ると、彼も人間と変わらないのだなと思わされる。それを言われて、吸血鬼が嬉《うれ》しいのかどうかは分からないけれど。

「だがそう肩肘を張るな。所詮は正義の味方など、オレたち《調律者》以外にもこの世界には無数にいる。一人手を抜いたところで、そう問題はあるまい」

どうやらスカーレットには、さっきの私の意図が上手《うま》く伝わっていなかったらしい。決して《調律者》としてではなく、私はあくまでも個人的な使命感に基づいて行動をしているのだけれど……いや、スカーレットに言わせてみれば、そんな正義感にも縛られる必要はないと言いたいのかもしれない。しかし、いずれにせよ。

「心配してくれてありがとう」

私が言うとスカーレットは虚を突かれたように金色の瞳を少しだけ見開き、それから。

「やはり勿体《もったい》ないな、手放すのは」

なにか惜しむようにまた目を細めて私を見つめた。

一度もあなたの手の中に堕《お》ちたことはないけどね。

それからスカーレットは例のごとく澄まし笑いを浮かべながら、黒い翼を生やした。

「もう行くの？」

言うべきことを言い終えたらしい吸血鬼に、私はこう声を掛ける。


「また今日も、同族を殺しに」


それが《調律者》であり《吸血鬼》スカーレットに課せられた使命だった。

「ああ、大義のためだ」

《連邦政府》の人間を快く思っていないはずのスカーレットが。

必ずしも正義に縛られる必要はないと説いていたはずの彼が。

なぜ大義を名目に同族殺しという責務を引き受けているのか。

その答えを知っている者は果たしてどれぐらいいるのだろう。

「あなたの言う大義は、本当は誰のためのもの？」

吸血鬼の大きな背中は今さらなにも語らない。

だけど、かつて彼の計画を聞かされた私がすでに知っていることは幾つかある。

一つ。彼の言う《花嫁》には、生きた人間のままではなれないということ。

二つ。彼の言う「世界の半分をくれてやる」とは決して与太《よた》ではないということ。

三つ。彼がこの先《世界の敵》になることはすでに《聖典》によって決定されていること。

そしてこの続きは、私の推測。

もしもいつか私が《原初の種》《シード》を倒したその時、次に《名探偵》に与えられる使命は、恐らく——

「歪《ゆが》んだ世界の軌道が正される日は必ず来る」

それから窓に手をかけたスカーレットは、最後に振り返ってこう言い残した。

「その時に消えるのがどちらか、せめて愛《いと》しい花嫁には見届けてほしいものだ」

◆四月二十六日　シエスタ

イギリスからの空の旅を終えて、空港の到着ロビーでまず私がやらなければならなかったのは、キャリーケースを片手にひたすら電話の応対をすることだった。

「分かった。……うん。うん、それじゃあそのまま貸し店舗は確保しておいて」

約十二時間のフライトを終え、その間に溜《た》まっていた着信に一通り折り返しの電話を掛ける作業。だけどそれも、これが最後の一件。しばらく日本に滞在することになるだろうと思い、住処《すみか》の手配をしていたところだった。

「——日本だ」

電話を終えて、今さらながら空港の雑踏が耳に入る。

当たり前だけれど、それらはすべて日本語だった。なんだか、どこか懐かしいと感じる。

確かにこれまで日本を訪れたことは何度かあった。だけど郷愁を感じるほどの印象深い思い出があっただろうか？

そんなことを、ぼんやりと考えていた時だった。

「わぶっ」

わぶっ？

視線を下に落とすと、私のお腹《なか》あたりに小さな女の子の顔があった。

走り回っていたところで、勢い余ってぶつかってしまったらしい。

「大丈夫？　大丈夫だよ。痛くない、痛くない」

私は先回りするようにそう言いながら、膝を折って女の子と視線を合わせる。

五歳ぐらいだろうか。お餅のように柔らかそうなほっぺたは紅潮していて、ああ、これは泣くなとすぐ思った。

「……お父さん、いないの」

なるほど、迷子。だから焦って走り回っていたらしい。

それに声も掠《かす》れている。このままインフォメーションセンターに連れて行くだけというのもなんだか憚《はばか》られる。

「お姉さんとこっちに行こうか」

混雑している空港ロビー。少女の手を引いて空いたベンチに座らせ、自動販売機で買ったジュースを手渡す。すると彼女はすぐに目を輝かせ、両手を使って勢いよく缶を傾けた。よほど喉が渇いていたのだろう、ごくんごくんと大きく喉を鳴らす。

美味《おい》しい?と、そう訊《き》こうとしてはたと気付いた。さっきから私は自然と日本語で喋《しゃべ》っている。……そうだ、私は確か昔もこうして友だちと日本語を喋っていた。だから日本という国を懐かしく思ったのかもしれない。

「……友だち?」

日本語を喋る、友だち。

だけど一体それは誰のことだろう。

私に友だちなんていただろうか。

「お姉ちゃん? 大丈夫? 大丈夫だよ」

すると女の子が不思議そうに首をかしげながら私を見つめていた。

まったく、迷子の女の子に心配をされてしまったら世話がない。

「お父さんとはどこではぐれたの?」

なるべく尋問のようにならないように努めて優しく訊くと、少女は。

「お土産屋さんの近く。お父さん、すぐどっかに行っちゃうの」

あくまでもはぐれたのは自分ではなく、父親の方だと主張する。

「お店の人に聞いたら、お財布もレジに置いてきちゃったんだって」

やはりそういう体《てい》で進めるらしい。

だけど女の子が取り出した財布の中には、住所や携帯電話の番号らしきものが書かれたメモが入っていた。しっかりした親だ。であれば、あとはその番号に電話を掛けさえすれば問題解決だろう。そう思ってスマートフォンを取り出すも。

「繋《つな》がらないね」

焦って娘を探すあまり着信に気付かないのだろうか。

早く全人類がテレパシー能力を獲得する時代が来てほしい。

「お父さん、大丈夫かなあ」

女の子の顔がまた不安の色に染まる。

その口元にはチョコレートがついてる。そして手にはスイーツの袋。試食をしていた時か、お土産を買っている最中に父親を見失ってしまったのだろうか。

「お土産屋さん、探してみようか」

そうして少女の手を取って立ち上がったその時だった。

「あ、お母さん！」

するりと私の手を抜けて、少女は一人の女性のもとに駆けていく。なるほど、父親だけでなく母親も一緒に来ていたらしい。

どうやら今回は探偵の出番はなさそうだった。それならそれでいいと、私もホッと一息ついてその場を離れる。

「お父さん、見つかったよ」

その母親の言葉に思わず足が固まった。それから振り返ると、まだ四十歳ぐらいに見える男性が「迷惑かけてごめん」と苦笑しながら、二人の輪に加わっていた。

――若年性認知症。

迷子だったのは、あの少女ではなく本当に父親の方だった。そしてあの母親がどこかで見つけて連れて来たのだろう。

つまりは財布に入っていたあの住所や電話番号のメモも、恐らくは認知症患者の徘徊《はいかい》への対処法。小さな子どもの言うことだから、と私は勝手に自分の常識でストーリーを組み立ててしまっていたわけだ。

「今のは、探偵失格だね」

私は私自身に落第という判断を下す。

まだだ。まだ完璧には程遠い。この手はあと少し、崖下に落ちようとしている依頼人を引き上げるのに届かない。この瞳はまだ、瓦礫《がれき》の下で苦しんでいる人たちの姿を映すことができない。

きっと今の私に必要なのは常識を疑うこと。

いや常識だからこそ、それを疑うという発想が出てこないのか。

じゃあどうすればいいのか。考える。考えて、考えて、仮説を立てて、実行して、きっとまたもう一度ぐらいは失敗して、ようやく答えに辿《たど》り着《つ》く。そうして日々、私は私をアップデートさせていく。依頼人の利益を守ることのできる、願いを叶《かな》えられる、そんな探偵になるために。

「今はやるべきことをやらないと」

例の家族がその場を立ち去ったのを見届けて、私は再びスマートフォンを手に取った。

日本に降り立った私に課せられた仕事は、一年前に行方を晦《くら》ませたダニー・ブライアントという男を捜索して捕まえること。

だけど現状、手がかりらしきものはなにもない。まずはその取っ掛かりを作ることから始めよう。そう決めて私は、とある知り合いに電話を掛けた。

「もしもし。今から一緒にお茶でも飲まない？」

それから一時間後。

タクシーに乗って次なる目的地へ辿り着いた私は、早速さっきの電話の相手と落ち合っていた。そうして仲良く二人、お茶を飲み始めた……はずだったんだけれど。

「よくアタシの前に、平気で顔を出せたな」

場所は警察署の応接室。対面に座った茶会の相手は、大層不機嫌そうに指でテーブルを何度も叩《たた》いていた。

「そんなつれないこと。私たちの仲じゃない」

「ああ、殺し合った仲だもんな」

するとその彼女——紅髪の女刑事は、突然銃を抜いて私に向けた。

今も昔も、殺されそうになったのは私の方だけだけど。

「銃を抜くなら、場所を考えた方がいいんじゃない？」

「幸運なことにこの部屋に監視カメラはない」

「音でバレるよ」

「サイレンサーをつけてるから問題ない」

「支給された銃を改造してることも十分問題では？」

すると彼女は不満げな眦《まなじり》はそのままに、どかっと背もたれに身体《からだ》を預ける。

そんな到底、警察官とは思えない振る舞いをする彼女の名は——加瀬風靡《かせふうび》。

表の顔は確かに日本の女性警察官。けれど彼女が持つもう一つの裏の顔は、世界を股に掛ける《暗殺者》。加瀬風靡もまた、私と同じく《調律者》の一人だった。

そして《暗殺者》としての風靡の仕事は主に《連邦政府》の指令に従ってターゲットを

ことがあった。

暗殺することで、かつてまさにその標的だった私は、彼女に追われる日々を過ごしていた

　私としてはそんな過去は綺麗《きれい》さっぱり洗い流して、同じ立場の者同士で協力しながら上手《うま》くやっていこうと思っていたのだけれど、風靡《ふうび》はいまだに私に対して腹に一物抱えたままのようだった。

「結局アタシの手から逃げたかと思えば、今やお前も《調律者》の一人。上は一体なにを考えてんだ」

　そしてその不満はまた別ベクトルに向く。私の暗殺を命じたはずの政府側の人間が、翻って私を手駒に加えた――そのことにも彼女は納得がいっていないらしく、腹立たしげに葉巻に火を点《つ》けた。

「逆にお前はどう折り合いをつけてる？　自分の命を狙った奴《やつ》らにこき使われてるんだぞ」

　なるほど。まあ、確かにそこだけ切り取ると、私は随分と都合のいい女に見えるかもしれない。けれど。

「私がそうやって命を狙われていたという事実を踏まえて、私はずっと悩まされていたとある命題に対して大きな仮説を立てられた」

　私がそう言うと、風靡はその意図を推し量るようにじっと見つめてくる。

「あなた達に命を狙われ始めた当時、私は個人的に《原初の種《シード》》を追っていた。それはこ

の世界にとっても正義であるはずで、にもかかわらずその正義の象徴であるあなた達に私が殺されなければならない意味が分からなかった」

最初の頃は、と付け加えながら一旦紅茶で喉を湿らせる。

「でもよく考えると、それはつまり、私が生き続けることが翻って《原初の種》の利益に繋《つな》がるからなのだろうと推測が立った。――そう、私は《原初の種》を生かすための器だった。だから私が器になってしまう前に、あなた達は私を殺そうとした」

私には、ある数ヶ月分の欠けた記憶がある。それは恐らく《原初の種》と、彼らが作ったらしいとある施設で過ごした日の記憶。けれど私は風靡らに命を狙われたことで初めて、自分が《原初の種》の器として育てられていた可能性に気付くことができたのだ。

「だから私はむしろ感謝しているぐらいだよ。あなた達に消されかけたおかげで、私は自分自身が何者であるかの推理ができた」

そして《連邦政府》は私を殺すことで間接的に《原初の種》を枯らそうとしていて……しかし意外にも私がいつまでも《暗殺者》の手から逃げ続けるものだから、いっそのこと私を《調律者》に加えて《原初の種》討伐という使命を課したわけだ。そう考えると彼女らの思考に矛盾はない。

「随分と大人な考え方だな」

風靡はつまらなそうに煙を口から吐き出した。

であればここから先はただの子どもの戯《ざ》れ言《ごと》だ。

「ただ、一つ気になるのは」

私がそう言うと風靡《ふうび》は視線だけを寄越《よこ》す。

「上の人間は、私が《原初の種《シード》》の器であると知ってあなたに暗殺の指示を出した。でも、一体彼らはどうやってその事実を知ったんだろうね」

たとえば、あらゆる世界の脅威を予見するという巫女《みこ》の《聖典》。けれどそれは、政府の人間ですらそう簡単に目を通せないシステムだと聞いている。

この前アイスドールは、私と《原初の種》にどんな因縁があるか知らないような素振りを見せていたけれど、果たしてあれは演技なのか。あるいは、アイスドールもまた誰かに真実を知らされていなかっただけなのか。

「まさかアタシにその諸々《もろもろ》を調べろと？」

今日来たのもそれが目的か、と風靡は明らかに面倒くさそうな顔をする。

「いや、少なくとも今はそんなことに執心している場合じゃないことは分かってる」

私の大目的はあくまでも《原初の種》を倒すこと。

そして直近の仕事と言えば。

「――ダニー・ブライアント」

私がその名を口にすると一瞬風靡は動きを止め、それから葉巻を灰皿で潰した。

「彼のこと、知ってる?」

わざわざ確認するまでもないとは思いつつもそう尋ねた。

一年前に突如、日本で失踪したという元《連邦政府》お抱えのスパイ。

日本で警察官として働き、また《調律者》でもある風靡が知らないとは思えなかった。

「お前もその面倒事を押しつけられたわけか」

すると風靡は大きくため息をついた。

「ということは、あなたも前に?」

「まあな、アタシは忙しいっつって途中で打ち切ったが」

「……なるほど。その分、私にお鉢が回ったと」

私が遠路はるばる日本に出向させられた遠因は、この人にあったらしい。

「ダニー・ブライアントについて、あなたが知っていることは?」

前任者であれば少しぐらい情報は持ってるはずだ。

「日本に来たのは約三年前。そしておよそ一年前に姿を消した」

「その間の動きは? スパイとしてでなく、表の顔」

「私立探偵のような仕事をしていたみたいだ」

お前と同じだな、と風靡はふっと笑う。

探偵として活動をする傍ら、その陰で政府に雇われて何らかの活動をしていた、と。

日本に来たのもその裏の仕事のためだったのだろうか。その辺りは恐らく機密情報、アイスドールも答えはしないだろう。

「決まった事務所もなかったらしい。どうやって仕事を引き受けていたかは不明だな」

「じゃあ住居は？　寝床はさすがにあったんじゃない？」

と言いつつ、私も住所を持たないことは多いけれど。

「色々と自由気ままに渡り歩いていたみたいだな。日本全国、奴《やつ》がいた痕跡だけならいくつもある。今はどこももぬけの殻だが、この街にも滞在歴はあるぞ」

風靡《ふうび》はノートパソコンを取り出し、ダニー・ブライアントが一時的とは言え住居を構えていた場所のリストを見せてきた。南は沖縄から、北は当然と言うべきか北海道まで。少なくとも彼が日本にいたという二年間、一定の場所に留《とど》まっていた気配はない。

事実、ダニー・ブライアントの表の仕事も裏の仕事も、そういうフレキシブルさが求められるのだろう。伸びきった髭《ひげ》、よれたシャツ、ほどけたネクタイ。それでもなぜか、なにかを楽しむような瞳の輝き。彼自身も性格的によほど自由人だったのだろうか、と会ったこともないそのターゲットをつい頭の中でプロファイリングしてしまった。

「――いや、ただの常識だ」

すぐに私は頭を横に振った。

常識に囚《とら》われてはいけない。

身だしなみに気を遣わない、住所不定、職業不詳の自由人。だからと言って、それが彼の本質だとは限らない。そう思わされているだけの可能性も十分ある。そして……そんな自由人に見える彼が、独り身であったとも限らない。

「ダニー・ブライアントに家族はいた？」

スパイだから、特定の住所がないから、それだけで彼に家族がいないと決めつけるのは早計だ。

「アタシが知る限り、日本に住んでいる間この男に身寄りはいなかったらしい」

だが、と言って風靡はなぜか今日一番の忌々しそうな表情を浮かべて、ダニーが目を掛けていたというとある一人の少年の存在を口にした。

「ダニー・ブライアントはかつてこの街で、ある問題児と一緒に暮らしていたらしい。アタシ自身、今ではそいつにどれだけ迷惑を掛けられているか分かったもんじゃないが……ちょうどいい、お前も覚えておけ。その腹立たしいクソガキの名前は――」

◇四月二十七日　君塚君彦《きみづかきみひこ》

その日、俺はいつものごとくカーチェイスに巻き込まれていた。

「うお……っ！」

いつものごとくとは言え、だ。いくら経験として慣れていたところで、身体《からだ》がそれに追いつくかというのはまた別の話。

それはさながらカーアクション映画のワンシーンのごとく。すでにフロント部分が破損したスポーツカーの助手席に座った俺は、アシストグリップに掴《つか》まりながら激しい揺れに耐えていた。

「ははっ、他の車が止まって見えやがる。これがゾーンってやつか？」

しかしこの状況にあって、一切空気を読まない人間が一人。俺の隣でハンドルを握る男は、追っ手の車をぐんぐんと突き放しながら楽しげに笑う。

「逆走してる俺たちの車に驚いて止まってくれてるんだ！」

信号無視にスピード違反。人にこそぶつかっていないものの、まさに暴走車としか言えない俺たちの車は、猛スピードで大通りをひた走る。

「逆走？　おれの生まれた国じゃ車は右を走るもんだぞ」

「ここは日本だ！　いい加減にそれを覚え――」

と、その瞬間、もの凄《すご》い勢いで車体が反対方向に切り返された。

「ッ、舌噛《か》むとこだったぞ！」

「はは、そうか！　次はこういう時に備えてお前も二枚舌を用意しておくといい」

「あんたはその減らず口を直した方がいいんじゃないか、ダニー！」

俺は恨みを込めた視線を運転席に向けた。

男の名は、ダニー・ブライアント。

数年前のある日、突然俺の前に現れた自称親族にして身元引受人。

いきなり俺を児童養護施設から引き取り自分名義のアパートに住まわせたかと思えば、当の本人はふらふらとどこかへ出かけることが多く、月に一、二度帰ってきては変な土産物ばかりを買ってくる謎多き流浪人。アメリカ出身で年齢は四十近いということしか分からない。

そんなダニーの仕事と言えば、これまた自称——なんでも屋。守備範囲は近所の迷い猫探しから、警察が諦めた迷宮入りの殺人事件まで。どこまで本当か分からないものの、望まれればどこにでも駆けつけ、どんな仕事でもするというのが彼のポリシーらしい。そのために日本中、いや世界中に複数の家を持ち、その一つに俺を住まわせていた。

一体ダニーが、なにを目的として俺に近づいてきたのかは分からない。それでも俺は生きていくためにダニー・ブライアントを利用させてもらい、彼の持ってくる仕事を時折手伝うことで生活費を稼いでいた。

ただ、ダニーには大きな不満もある。たとえば夏には無人島へ連れて行かれサバイバルの極意を滔々《とうとう》と語られ、冬の雪山へ登っては人間の無力さをその身に叩《たた》き込《こ》まれるのだ。その度に彼は人生の哲学のようなことを語るのだが、正直あまり響いたことはない。それもこれも、ダニー・ブライアントという男の大雑把《おおざっぱ》な性格と胡散臭《うさんくさ》さが原因だった。

「ったく、あいつらもしつこいなあ」

ダニーはバックミラーで追っ手を確認しながら、煙草《たばこ》にライターで火を点《とも》す。

「あれだけ貯《た》め込《こ》んでる癖に、ほんの少し手付けられただけで事務所総出とは」

暇なのかよっぽど金が好きなのか、とダニーはため息を零《こぼ》す。

「盗んだ側が言う台詞《せりふ》でもないけどな」

「ははっ、おれは富の再配分を請け負っただけだ」

今、俺たちがこうして黒塗りの車に追われている理由――それはひとえに、ダニーが彼らから金を奪ったことだ。とは言えそれは私腹を肥やすためではない。追っ手はいわゆるヤミ金融の奴《やつ》らで、彼らに金を騙《だま》し取《と》られた被害者に依頼され、ダニーはその金を奪い返したのだった。良い風に話をまとめるとするならば、ダニーは現代の鼠《ねずみ》小僧と言ったところだろうか。……しかし。

「金を取り戻すにしても、もう少しスムーズなやり方はなかったのか？　こっそり金庫のダイヤル回して中身を回収するとか……」

実際は俺が身分を偽って客のフリをしてヤミ金事務所を訪れ、そこで相手が金庫から金を出した瞬間、ダニーが煙幕を張りながら侵入し、その金を奪い去ったのだった。

「経緯はどうあれ金庫は開いたんだ。それでいいだろう？」

大事なのは中身と結果だ、と言ってダニーは笑い飛ばす。

「問題解決の鍵は、大抵自分の手には握られていないものだ」

「肝心なところで他人任せな男だな」

「はは、おれは人を信じてるだけだ」

……やれ、またそうやって適当にオチをつける。

だがその結果が、すでに一時間以上に及んでいるこのカーチェイスだ。いつも色々な場所で恨みを買っているダニーはこうして誰かに追われることが多く、俺としてもそれに巻き込まれることが度々あった。

「誰かに追われるというのは、自分が追われるだけの価値がある人間ということだな」

しかしダニーはなぜか誇らしげで、顎鬚《あごひげ》を指で撫《な》でながらニッと笑う。

「浅い。名言がアスファルトにできた水溜《みずたま》りより浅い」

「ははっ！　所詮は言葉だ。底なし沼みたいに深い名言があったとして、それに雁字搦《がんじがら》めになって動けなくなる方がよっぽど愚かだろうよ」

人の言葉なんて信用するな、とダニーは身も蓋もないことを言う。相変わらず、ぺらぺらとそれらしいことばかり語る男だ。

「ほんとにお前は笑わない奴だなあ」

するとダニーはあくまでも正面を向いてハンドルを握ったまま、俺に対してそんな文句を零《こぼ》す。

「お前、今まで一度でも本気で笑ったことがあるか？」

「ほっといてくれ、これが俺のスタンダードな顔だ」

「はっ、そう思い込んでるだけじゃねえのか？」

ダニーはハンドルを切り返し、車は大通りから脇道に逸《そ》れる。

「人間、素の自分なんて分かっちゃいねえだろ。案外、本当のお前はもっと人懐っこく笑うガキかもしれねえぞ」

さあ、どうだろうな。お気に入りのギャング映画で繰り広げられるブラックジョークの応酬だけは何度見ても腹を抱えて笑っているが。

「あんたに振り回されて、巻き込まれてる限りは苦笑で精一杯だな」

「はは、可愛《かわい》くねえ弟子だ！」

「いつ誰があんたの弟子になったんだ」

「ん？　ああ、そうか、息子だったか？」

「もっとあり得ない。実は俺の本名は君塚《きみづか》・ブライアント・君彦《きみひこ》だと？」

この生まれ持った黒髪と日本人顔は、どこからどう見てもこの胡散臭《うさんくさ》いおっさんとは似ても似つかない。本当に、なぜ親戚を名乗っているのか。

「確かに血の繋《つな》がりはないが、おれはお前の心の父ってやつだ。……あー、いや、やっぱり《師匠》の方が格好《かっこ》いいか？」

そう言ってダニーは陽気に笑う。

脳天気なのは結構だが、こんな調子で相手を撒《ま》けるのか。

「安心しろ、今はおれがついている」

するとダニーは俺の不安を一蹴するように白い歯を見せる。

あんたと一緒だからこそ不安なんだが、と言うべきだろうか。

「いいか、ガキ。よく聞け」

しかしダニーは俺のツッコミを待たず、ハンドルに片手を添えて落ち着いた口調でこう語る。

「これからもお前は、色んな敵に会うだろう。ギャングやスパイ、胸くそが悪くなるような犯罪者や、想像もできない巨悪にもな」

「敵って、俺の人生はこれから一体どうなるんだ」

「その歳《とし》でこれだぞ？　まだまだこんなカーアクション映画なんて序の口だ」

そりゃ先が思いやられるな。俺はお約束の苦笑を漏らす。

なにも誕生日の直前にこんな事件に巻き込まれなくてもいいだろうに。

「だがまあ、安心しろ」

ダニーはさっきと同じことを重ねて言った。

「これからお前があらゆる事件に巻き込まれ、あらゆる敵に遭遇し、あらゆる危機に瀕《ひん》した時、お前の隣を歩く誰かが必ず現れる。そう決まっているんだ」

それから俺たちはどうにか窮地を脱し、今ダニーの運転する車はとある一軒家のそばの道路にあった。

「ここが依頼人の家か……」

俺は助手席の窓から、古びた雰囲気のその家を眺める。

ダニーがヤミ金融から回収した金の一部は、元々この家に住む家族が支払ってきたものだったらしい。違法な金利で巻き上げられたその額は三百万円に及ぶ。そしてダニーが相手事務所から盗み出したその金は今、後部座席に置かれたアタッシュケースに詰まっている。

無論こんなマネーゲームは、いくら綺麗事《きれいごと》を並べたところで犯罪だ。捕まった時点でジ・エンド。そして少なくとも、依頼人とダニーの結びつきがバレることだけはあってはならない。ヤクザと警察に捕まるのは自分一人の役目だと、ダニーはよく語っていた。本人曰《いわ》く、これまで一度も捕まったことはないらしいが。

「俺をその身代わりにするのはやめてもらいたいけどな……」

俺は助手席で静かに愚痴を吐く。

これまでも一人でいる時に、ダニーを追っている敵から狙われたことは幾度となくあった。今回もそうなるのではないかと危惧し、俺は運転席に目を向けた。

――が、しかし。

「静かに」

ダニーが、いつになく真剣な顔でそう言い切った。

慌てて耳をそばだてると、遠くからなにか聞こえてくる。

――あの家だ。女性の怒ったような金切り声と、食器が割れる音。それから遅れて、子どもの泣き声も。

「家庭内不和か」

すぐに分かった。金に困っている家庭であれば、こういうことはあるだろう。

俺が昔暮らしていた施設でも、そういう境遇にいた子どもが保護されてやって来ることが度々あった。

「昼間にもかかわらず閉じたままの分厚いカーテン。外から見られたくないものでもあるんだろう」

そして隣でダニーが、今あの家庭で起きていることを分析する。

「庭の手入れもまるでされちゃいない。時間にも心にも余裕がない証拠だ。親がそんな状態の時、その矛先がどこに向くか――」

その先は、言われずとも分かった。

ゆえに俺は「これからどうする？」とダニーに訊《き》こうとして、しかしハッとした。

隣に座る彼の横顔は、静かな怒りに満ちていた。

「子は親を選べない」

ダニーはそう言いながら、なにかを、誰かを睨《にら》むように目を細める。

「子どもには、親しかいないんだ」

それなのに、とダニーは止まった車のハンドルを強く握りしめた。

単純に聞こえるその言葉は、しかしよく考えると真理を突いている。親はすでに社会生活を営む上で別の世界を持っている。他の人間関係の中にいる。

だけど生まれたばかりの子には親しかいない。親の背を見て育つしかない。子どもたちが……俺たちが頼れるのは、親しかいなかった。

「なのに、おれは――」

ダニーが、どこか遠くを見つめる。

たまに。本当にたまに、ダニーはこの目をする。

だけどその目の理由を聞けたことは、ただの一度もない。

「どうする？　警察に連絡するか？」

だったら、今すべきことをするしかない。

俺はスマートフォンを取り出す。馴染《なじ》みの交番なら話は早いだろうか。

「いや、警察が来たところで対症療法にしかならない。それに問題を解決するのはいつだって、結局のところこれだ」

ダニーは少し気持ちが落ち着いたのか、それとも諦めたのか。指先でお金のジェスチャーをしながら、悟ったような苦い笑みを浮かべる。そして。

「どうだ？　弁護士に見えるか？」

ダニーは顎髭《あごひげ》をなぞりながら、バックミラーで自分の姿を確認する。あくまでも弁護士という体《てい》で、回収した金を渡しに行くらしい。

「万年赤字を抱える弁護士事務所の所長ならギリ通るんじゃないか」

真っ当な弁護士に見られたいなら、まずは靴を磨いてスーツを新調することから始めるべきだな。

「でも、本当にこの金を渡して大丈夫なのか？　足がついてヤミ金の奴《やつ》らがこの家にまで来たらどうする？」

そうなったら、ただでさえ家庭内不和を抱えるこの家はどうなるか。この悪い想像は杞《き》憂《ゆう》ではないだろう。

「ああ、それならしばらくは見張りをつけるから心配要らない」

ダニーはそう言って車の外を指差した。すると、ちょうどダークスーツを着た若い男が家の前を通り過ぎるところだった。

「毎時この家の前を横切る通行人A、それが今回の彼らの役割だ」

よく分からない解説を施しながら、ダニーは後部座席のアタッシュケースを手に取った。

「それに、今目の前で起きている揉《も》め事《ごと》を解決することが先決だ」

ダニーはそう言って車のドアに手を掛けると、

「未来ある子どもの命はすべてに優先される」

半身で振り返って、なにか言いたげな笑みを俺に向けた。

「じゃあ俺はどうなんだ?」

今回あんたが引き受けた仕事によって、子どもの俺は今後ヤミ金の人間に追われるかもしれないわけだが。

「はは、信頼の証《あかし》と思え。お前はそう簡単に死にはしない」

ダニーはそう調子のいいことを言いながら仕事へ向かう。

ああ、おかげでいつも一人気ままにやらせてもらっているさ。

◆四月二十八日　シエスタ

「うん、これは予想以上の出来だね」

今朝届いたとあるブツを装着した私は、洗面台の鏡に映った自分の顔を見て思わず感心のため息をついた。

十年以上ずっと付き合ってきたこの顔が、整形もなしにここまで別人のようになるとは。今の私は、誰がどう見ても二十代後半の日本人女性にしか見えない。服装もいつものワンピースから着替えれば、恐らく私を知る人でさえ私と気付かないだろう。

「さすがは《発明家》、いい仕事をしてくれるね」

私は自分の顔を……いや、素肌にフィットした変装マスクを指先で撫《な》でる。

装着感すら分からないほど顔全体に馴染《なじ》んだそれは、映画で使うような特殊メイクを顔に施したようでさえあった。

今現在、探偵である私に課せられたミッションは、この異国の地で逃亡中のスパイを捜索すること。であれば探偵にとって隠密《おんみつ》行動は基本であり、そのためこのマスクを知人に融通してもらっていたのだった。

これまでも《発明家》にはいくつかの便利アイテムを作ってもらっていたけれど、これは本格的に探偵らしく　七つ道具を揃《そろ》えるのもアリかもしれない。

「他になにがいいかな。やっぱり銃かな」

普通の銃じゃ意味がない。見た目も今使ってるのより格好《かっこ》良いのがいいな。性能は《発明家》に任せれば、変なものにはならないはずだ。

「身長はシークレットブーツで誤魔化《ごまか》せるかな」

体形まではこのマスクで変えられないものの、あとは小物でなんとかなるだろう。声もボイスチェンジャーを使えばいくらでも変えられる。これでようやく本格的に仕事に移れるわけだ。私は機嫌良く洗面台を後にして、店舗に戻った。

「さすがに適当に集めすぎたかな」

そう広くない古びた店内には、この数日で集めた美術品や骨董品《こっとうひん》が所狭しと並んでいる。というのも、私が追っているスパイ——ダニー・ブライアントが、趣味なのかそういう物をよく集めていたという情報を手にしたからだ。

無論そんなのはただの気休めで、骨董品店の店主のフリでもしていたらひょっこり彼が現れてくれるのではないか、などと本気で期待しているわけではない。ただ、それでもターゲットに寄り添っていれば、なにか見えてくる景色があるはず。そう思い、日本で暮らすにあたって私は、かつてダニー・ブライアントが住んでいたというこの街で貸し店舗を借り、しばらく拠点にすることにしたのだった。

「さて、これからどうしようか」

私がこの数日やってきたことはあくまでも最低限の準備だけ。本格的な調査はここから始まる。やはりまずは彼女の言っていた、君塚君彦《きみづかきみひこ》という名の少年から当たるべきだろうか。

ダニー・ブライアントが面倒を見ていたというその少年Kは、偶然と言うべきか今もこの街に住んでいるらしい。私は改めて少年Kについての情報を聞くため、風靡《ふうび》に電話を掛けた。

「もしもし。この前あなたが言ってた、巻き込まれ体質の少年についてなんだけど」

『忙しい、切るぞ』

電話が繋《つな》がって三秒後、不機嫌な声と共に通話は切断された。

と思っていたらまたすぐに着信があり。

『二度とアタシの前であいつの話をするな』

「そこまで言われるとますます興味が湧いてくるね」

早速今日にでも会いに行きたいところなんだけれど。

『はっ。あのクソガキになら、会おうとしなくても街を歩いてれば自然に会えるさ』

それは恐らく、この前も風靡が言っていたことだ。なんでも少年Kはありとあらゆる事件に巻き込まれるという体質を持つらしく、つまりは事件が起きる場所に少年Kは必ず現れるということなのだろう。

とは言え、そんな都合よくこの街で事件が起きたりするものなのだろうか。そんなことを考えていると、風靡はそれを察したのか『事件なら寝る暇もないほど起きている』と嘆息しながら、今抱えているという幾つかの事案を語って聞かせた。

『というわけで、アタシは忙しいんだ。あとは自分の目で確かめてみろ』

そして風靡《ふうび》は疲れた様子で電話を切った。

一体なにをしたら警察官にここまで嫌われるのだろうか。会ったこともない少年Kにやはり興味が出てくると共に、思わず苦笑が漏れた。

とは言え、これ以上本物の警察官を頼れないとすれば——

「偽物しかないよね」


それから一時間後。

「うん、やっぱり上手《うま》くいった」

市役所で早々に少年Kの現住所を手に入れた私は、機嫌良く街を歩いていた。

すると年配の婦人がすれ違いざま「ご苦労様です」と私に声を掛けてくる。

理由はただ一つ、私の格好《かっこう》だ。今の私は、どこからどう見ても女性警察官。例のマスクで顔を変え、また服装に関しては私が普段、色々な場所で潜入捜査をする上で集めていたものが役に立った。

警察官を装って市役所を訪れ、捜査のためと断って少年Kの個人情報を聞き出すというシンプルな作戦。またその際に役だったのがとある手帳。それは《連邦政府》から支給されたもので、私にあらゆる資格を与えてくれる。それはたとえば一般人が入れないような場所への立ち入りが可能になったり、公的機関からの情報提供がスムーズになったりと、探偵の仕事を最短経路で行うには必須のアイテムだった。

「じゃあ警察官のコスプレまでする必要はなかったんじゃないかって?」

それはサービスだよ、と架空の質問に答えたところで目的のアパートに辿《たど》り着《つ》いた。

錆《さ》び付《つ》いた階段を上り、少年Kが暮らしているという部屋のチャイムを鳴らす……が、応答はない。

「まあ、開いてないよね」

念のためにドアノブを捻《ひね》ってみるも、扉が開くことはない。電気メーターはゆっくりとしか回っておらず、居留守を使われているわけでもないらしい。ただ、それでも郵便受けにチラシが溜《た》まっていないことから、定期的に家主が帰宅していることは推測できる。

「そっか、学校か」

今日は平日だった。自分が学校に通っていないばかりに忘れていた。であればこの学区の学校に行ってみる方が早いだろうか。……いや、それはせっかく来たのに勿体《もったい》ない気がする。探偵たるもの、その行動にはすべて意味があってしかるべきだ。

ミステリ小説を読んでいて、途中で意味ありげに登場した人物やアイテムが終盤に回収されなかったらモヤモヤが残るのと同じで、私は私の行動すべてに責任を持ち、なんらかの意味を持たせたい。そう、私は探偵なので。

「というわけで、お邪魔します」

私はある特別な鍵を用いて、堂々と少年K宅へ侵入した。

その鍵は私が《名探偵》に就任したばかりの時、《発明家》に渡されたマスターキー。電子錠を除けば、この鍵に開けられない扉はないらしい。なんでも代々《名探偵》はこの鍵を手にする習わしになっているとのことだった。

「ここからは探偵の仕事だね」

他の《調律者》のサポートを受け、前線に立つのがたとえば《名探偵》や《暗殺者》といった存在。そういう役割分担で私たちは動いていた。まあ、今からやることはそんなにスケールの大きな話ではないけれど。

というわけで私は家主がいないうちに、ダニー・ブライアントの痕跡を探るべく部屋に足を踏み入れる。

キッチンには洗い終わってないコップ、電子レンジの上には二枚残った食パン。居間には部屋着が脱ぎ捨ててある。生活感に溢《あふ》れた部屋にはやはり普段人が住んでいて、今はただ出掛けていることが分かる。

そしてもう一つ、この部屋で気になること——それは、広くないこの居間にやたらと骨《こっ》董品《とうひん》や地方の土産物が置いてあることだった。棚に飾られたこの木彫りのクマも少年Kの趣味ではないだろう。まさか、ダニー・ブライアントはまだここに住んでいるというのだろうか？　であれば、風靡《ふうび》がそれに気付いていないとも思えないけれど……。

それでも、こういった品が置かれているということは、少なくともかつて彼がここに存在したことがある傍証にはなるだろう。そう思い、私は改めて部屋をくまなくチェックする。アルコール飲料の缶や吸い殻の一つでも出てくれれば、少年Kが不良少年でない限り、ダニー・ブライアントが今もここにいる証拠になり得るものの……しかしゴミ箱を探しても出てこなかった。

ちなみに水着の女性の写真が沢山載った雑誌は押し入れから出てきたけれど、これはなんとなく少年Kの私物のような気がするので、本棚にきちんと並べておいてあげた。

「これ以上は出てこないか」

というわけで、物証はない。

であれば、次は証言を得るべきだろう。

そう思って部屋を後にした私は、今度こそ少年Kの元へ向かう。

「この住所ということは、まずは……」

少年Kの通う中学が私立か公立かも分からないけれど、とりあえず距離の近い順にあたりをつけながら回っていこう。この制服と手帳があれば聞き込みの効率も上がるはずだ。

——それが起こったのは、そんなことを考えながら近隣の中学校に向けて歩いている最中のことだった。

「わ、っと」

雑居ビルから人影が飛び出してきたかと思うと、危うくぶつかりそうになった。

若い男。派手なスーツに、スキンヘッド。開いた襟元から覗《のぞ》く地肌には、墨で彫られた模様が見える。そういうタイプの人間は、私のような警察官を見たらそっと目を逸《そ》らすのが普通だ。——しかし。

「あんた警察か⁉ 人が死んでるんだよ！」

思いがけず、その男は私に取りすがってきた。そして目を見開き、震える手で雑居ビルの一室を指差す。カーテンの開いた部屋。事件は三階で起きているらしい。

私は男の案内を受ける間もなく、ビルに飛び込む。そうして二段飛ばしで階段を駆け上がり、消費者金融事務所らしきその店舗の扉を開いた。

「——！」

部屋の奥。190㎝はあろうかという大柄な男が、左胸から血を流して倒れている。

そしてその傍らに、一人の小柄な少年が立っていた。

ナイフを片手に持った彼の横顔は、どこか淋《さび》しげで、物憂げで。

あるいは悟ったような。いや、なにかをもう、諦めたような表情でさえあった。

「ねえ、少年。名前は？」

なぜ真っ先にその質問をしたのか、自分でも分からない。

それでも、なんだかこの世界にただ一人だけ取り残されたような——そんな悲しくも、どこか視線を引きつけられる横顔を見せる彼の名前を、なによりも優先して私は知りたくなってしまったのかもしれない。

「俺の、名前は——」

そして次の瞬間、私はあの紅髪の女刑事が言っていたことを思い出す。

彼に会いたくなったら、ただ街を歩いていればいい。

「君塚君彦《きみづかきみひこ》」

それが私と少年Kの出会いだった。

【ある少年の語り②】

「君塚にそんな親代わりみたいな人がいたなんて……」

夏の凪が吹き抜ける例の食堂。俺が昔話の語りを一旦終えると、夏凪《なつなぎ》が驚いたようにため息を零《こぼ》した。

俺が語ったのは数年前のある日の思い出。ダニー・ブライアントなる男と共にカーチェイスを体験し、ヤミ金から回収した金を依頼人のもとへ届けるところまでだ。必然その話をするにあたって、ダニー・ブライアントとの出会いや人となりを語ることにもなった。

しかし今まで夏凪にダニーの話をしたことはない。それは斎川《さいかわ》とシャルに対しても同様であり、二人ともその話を聞いた今、意外そうな表情を浮かべていた。

「キミヅカ、マームと会う前から無茶苦茶《むちゃくちゃ》してたのね」

それからシャルは呆《あき》れたように目を細めて俺を見る。

まあ、シャルに関して言えばお互い様な気はするが。

「シエスタに出会う以前に、問題は俺のこの体質だからな。生まれてからずっと無茶はし続けてる」

だから慣れたものだ、と簡単に割り切りたくはないのだが。

「神様は乗り越えられない試練を人に与えないって言うでしょ？　そういうことよ」

シャルはそう言うと「神様に感謝ね」と澄ました顔でドリンクを啜《すす》る。

「だとするとこの世界の神、俺に対してドSが過ぎないか？」

「興奮しないの。ナギサじゃないんだから」

「だ、誰が、好きな相手からは何時間でも怒られたいほどのドMよ！」

「誰もそこまでは言ってないわよ」

シャルは「あんまり男の前でそういうこと言わない方がいいわよ」と、割と真面目に心配げなトーンで夏凪《なつなぎ》を窘《たしな》める。間違いなく今年一番見たくない光景だった。

「なるほど。やっぱり君塚《きみづか》さん、昔から随分苦労されてきたんですね」

すると話を本筋に戻すように斎川《さいかわ》が俺を見つめる。

「でも、そんな珍しい体験をしてるのに、どうして今まで話してこなかったんですか？」

しかしなにか思うところがあったのか、アイドルは可愛《かわい》くこくんと首をかしげる。

「だってほら、いつもの君塚さんのエピソードトークは弱々なんですから、もっとそういうカーチェイスネタとか押していきましょうよ」

「斎川、アドバイスは人を傷つけずにやるものだぞ」

今のがトラウマになって俺が人前で喋《しゃべ》れなくなったらどうするんだ。

「いつもニコニコ聞いてくれてると思ってたんだが？」

「ああ、あれは握手会でのファンの皆さんへの砂糖対応の練習です！」

「アイドルの嫌な裏側を聞いてしまった……」

しかし俺が尊い犠牲となることでアイドル唯《ゆい》にゃがより輝けるというのなら、プロデューサーとしてこれ以上の喜びはないのかもしれない。

……プロデューサーとして？

「でも、やっぱり意外ね」

ふと気付くと、隣に座った夏凪が俺に視線を向けていた。シャルとのショートコントはいつの間にか終わっていたらしい。

「どうした？　意外と俺の横顔が格好《かっこ》いいことに気付いたか？」

「ううん、それは意外とじゃなくて、割といつも、じゃなくて、全然じゃなくて」

じゃないのか。なにが「じゃない」のかはよく分からないが。

「肝心な最初の話よ。そのダニー・ブライアントさんっていう人のこと。なんか、今の君塚とはあんまり結びつかないというか……うーん、上手《うま》く言えないんだけど」

と、夏凪は顎に指を添えながら考える素振りを見せる。そして。

「じゃあ君塚が今住んでるアパートって、元々はそのダニーさんって人の家ってこと？」

やがて再び顔を向けると、そんな質問をしてきた。

斎川もシャルも気になるのか、夏凪と同じように俺をじーっと見つめる。

「今この状況を俯瞰《ふかん》で見ると、まさにハーレムだな」

俺は苦笑いをしながら、やたらと甘いコーヒーを啜《すす》る。

「キミヅカらしくない台詞《せりふ》ね」

「ええ、わたしも同感です」

が、しかしシャルと斎川《さいかわ》はなにやら不満げな様子を見せる。

「さっきの、横顔がどうとかの話もね。君塚《きみづか》はそういうナルシストっぽいこと言わないでしょ、いつも」

そして夏凪《なつなぎ》までもが俺に疑いの目を向ける。

やれ、いつの間に俺はこうも彼女たちにプロファイリングされていたのやら。

「話、逸《そ》らそうとしてたでしょ」

夏凪がぐいっと俺に身を寄せながら核心を突いてくる。

別になにかを隠そうだとか、そういうつもりは一切ないのだが……ただ俺の昔話がそう面白いものではない気がして、少し躊躇《ためら》ったことは事実だった。

どうやらかつての名探偵の観察眼は、女子高生やアイドルやエージェントにも、しかと受け継がれているらしかった。

「それで？　肝心の話はこれからなんでしょ？」

そう先を促したのはシャルだった。

元はと言えば誕生日トークから始まったこの昔話。

シャルの推測通り、時系列で言えばある年の俺の誕生日——五月五日までこの話はしばらく続く。少なくとも、なにかしらオチがつくまでは。

「君塚さんの抱腹絶倒《ほうふくぜっとう》の超面白エピソードトーク、聞かせてください！」

すると斎川の瞳がきらりと輝く。

そうやってハードルを上げられるのが一番困るのだが……まあ、それも今さらか。

昼食は終えたものの、次の予定まではまだまだ時間がある。

もうしばらくここでお喋《しゃべ》りを続けさせてもらおうと、俺は口を開いた。

「じゃあ、あたし飲み物追加で買ってこようかな！」

……おい。一番最初に話を聞きたがってたのは夏凪だろ。

立ち上がったその背中に、俺は思わず心の中でツッコんだ。

「……あー、えっと。君塚、手伝ってくれる？」

夏凪が振り返り、照れたように頬《ほお》を指で掻《か》く。

追加の飲み物を買ってくるまで、しばらく俺の話は待ってもらう必要がありそうだった。

【第二章】

◆四月二十八日　シエスタ

「だから言ったろ？　街中を適当にぶらついておけば、その辺の事件に巻き込まれたあいつに会える」

つい二日前も訪れたばかりの警察署。

その署内の廊下で、加瀬風靡《かせふうび》はなぜか得意げにそう言って笑う。

「まあ、今回ばかりは巻き込まれたどころか、あいつがその当事者なわけだが」

——約一時間前、雑居ビルの一室で発生した殺人事件。被害者は消費者金融会社経営の四十代の男で、死因はナイフで胸部を刺されたことによる失血死と推察。また、その現場で凶器と思われるナイフを手にしていた少年Kを私が目撃し、通報。状況を見る限り、彼がなにかを知っていることは明らかだった。

しかし私がその場でなにを訊《き》いても彼は名前を言ったきり口を開かず、それから署に向かうパトカーの中でも無言を貫いたらしい。そうして今に至り……私と風靡が喋《しゃべ》っている廊下の近くにある取調室では、少年Kが殺人事件の重要参考人として聴取を受けていた。

「でも、彼は十四歳未満でしょ？　触法少年は日本の法律で処罰できないし、捜査自体できないはずじゃない？」

「ああ、だからこれは捜査じゃなくてあくまでも調査だ。児童相談所には通告してある」

送致までに話を聞くぐらい良いだろう、と言って風靡は廊下の壁に背中を預ける。

「少年Kに家族は？　もちろんダニー・ブライアントは除いて」

「なにを今さら。あいつが一人なのはもう知ってるだろ」

どうやら私が市役所に侵入したのはバレているらしい。別に問題はないけれど。

「ったく、スパイはどっちだ？　一瞬アタシでもお前が誰か分からなかったぞ」

風靡は、すっかり警察官としてこの場に溶け込んでいる私を見てため息をついた。

「じゃあそのついでに少年Kの調査も私に担当させてよ。難航してるんでしょ？」

彼は取調室でもいまだ黙秘を貫いているらしい。

「探偵の出番はクローズドサークルまで取っておいたらどうだ？」

すると風靡は明らかに不満げに瞳を細める。

「でも私は事件現場を直接見ている」

「上になんて説明する？」

「もっと上からの指示があればいいでしょ」

公務員ごときじゃ一生頭が上がらない、世界そのものに勤める者からの指示なら。

「こんな辺境の国で起きた殺人事件一つで上のあいつらが動くかよ」

「だったらあなたが許可してよ」

「お前、最近アタシを便利屋扱いしてないか？」

風靡《ふうび》は腹立たしげに頭を掻《か》くと、それでも。

「……十五分で片付けろ」

そう言ってインカムでどこかに連絡を取り始めた。

なんだかんだ文句を言いつつ私に任せてくれるのは、少年Kの厄介さを何度も味わっているからか、それともこういう時に私が決して折れないことを知っているからか。どちらにせよありがたい。探偵と警察が手を組めば世のミステリ小説はページ数が半分で済むというのが私の持論だった。

それからしばらくして準備が整い、私は警察官として少年Kの待つ取調室に足を踏み入れた。

「また会ったね、少年」

中央に机と椅子が置かれただけの無機質な部屋。椅子に座っていた少年Kは私を一瞥《いちべつ》すると、それからまたゆっくり視線を自分の手元に下ろした。

事件現場ではジャケット姿だった少年も、身体検査を終えて無地のTシャツ姿になっていた。そして俯《うつむ》いた顔はまだどこかあどけなさが残っているものの、表情はなんだか物憂げで、大人っぽいというよりは——やはり悟っている。そんな印象だった。

「実はこの取調室には監視カメラが取り付けられていて、可視化されている」

私は少年の向かいに着席しながら、目の合わない彼に話しかける。

「よって違法で強引な取り調べが行われる心配はないし、君がこれまで行使しているように黙秘権も保障されている。また君は弁護士をつける権利も持っているし、必要とあらば私がその手配を行ってもいい」

そこまで言うとようやく少年Kはこちらを向いた。

「私は決して君の味方というわけではないけれど、敵でもない。私は……そうだ、まだ名乗っていなかったね」

こうやって警察官に変装している今、普段使っているコードネームや通り名を使うことは憚《はばか》られる。代わりに私は偽の警察手帳を差し出してこう名乗った。

「私の名前は、月華《げっか》。白銀《しろがね》月華」

それは私の本当の髪の色と、それからゲッカビジンという夜にだけ咲く白い花をもじった名だった。

「それで、少年の名前は――君塚君彦《きみづかきみひこ》、だったね？」

なんて呼んだらいいかな、と私は訊《き》く。コミュニケーションを図りつつ、まずは警戒心を解いてもらうことに狙いを絞る。

そうして私がじっと彼を見続けていると、少年はやがて根負けしたように「君塚でも君彦でも好きなように」と答えてくれた。

「ありがとう。それじゃあ、少年」

「名前呼ばないのかよ」

存外、食い気味なツッコミをしてくる。

人を殺した直後とは思えないね。殺してないのかもしれないけど。

「ああ、そっか。お姉さんに名前を呼んでほしいんだ？」

実年齢はともかく、今私たちの見た目の年齢差は十ほどある。

しかし少年Kは不服そうに横を向く。

「子ども扱いするな。俺はもう大人だ」

「それは子どもしか言わない台詞《せりふ》なんだよ」

「身長だって四捨五入すれば１６０に届く」

「大丈夫、男の子はそれぐらいの歳《とし》から急に身長が伸びるからね」

現状、平均より少し低いぐらいだね。少し。

「少年のこと、ちょっとだけ聞いたよ。なんでも、妙な事件に巻き込まれてばかりいるんだって？」

「……そういう体質なんだ。おかげで誰も俺に寄り付かない」

「警察官には大人気みたいだけどね」

紅髪の女刑事の不服そうな顔を思い浮かべながら私は言った。

「……月華《げっか》さんって言ったか？　これは、一体なんだ？」

と、少年Kが私をどこか試すように睨《にら》んだ。

「関係ない話から入って、俺の警戒心を緩めようという作戦か？」

交渉術に長《た》けてるんだな、と少年Kは面白くなさそうに呟《つぶや》く。

「可愛《かわい》げがないね、少年」

「警察に可愛がられたくはないだろ」

そうかな。あの鬼のような女刑事ならともかく、私に可愛がられるのはむしろご褒美だと思うけれど。

「じゃあ、少年の言うことを聞いて本題に入るとしよう」

風靡《ふうび》には十五分以内という時間制限を設けられている。事実、そう悠長にはしていられない。

「それで？　どうして少年はあんな場所にいたの？」

少年Kがナイフを持って立っていたあの雑居ビルの一室は、いわゆるヤミ金と呼ばれる事務所だ。この年頃の少年少女が足を踏み入れる機会など本来ないはずの場所だった。本当に少年Kがあの場で殺人を犯したのだとしたら、そもそもどういった事情であの事務所を訪れたのか。

そんな問いかけをした後、少年Kの顔を見るとどこか驚いたようにわずかに目を見開いていた。だけどそれはきっと、私の今の質問に驚いたのではない。私は監視カメラから見えない角度で、とあるメモ書きを彼に見せていた。

そのメモには「私の口頭での質問ではなく、メモに書かれた質問に対して返答をしてほしい」と書いていた。

私は確かに今回の事件も解決するつもりではいる。けれど私の本来の目的は……少年Kを探していた本当の理由は、別にある。私の意図を測るように口を結んだ少年に、私はまた新たなメモ書きをこっそり見せた。

すると少年は再び一瞬、顔色を変えて「……さあ」と答えた。だけどそれは「どうしてあんな場所にいたのか」という先の問いに対する返答ではない。私が見せたメモには「ダニー・ブライアントという男を知っている?」と書いていた。

それが、私が少年Kに固執する理由。このまま彼が児童相談所に一時保護でもされてしまえば、ダニー・ブライアントへ繋《つな》がる手がかりを失いかねない。《連邦政府》の人間が、個人的な依頼という形を取ってまで私に託した今回のヤマ。ダニー・ブライアントという男が何者なのか、それを知ることは私にとってもきっと大きな意味を持つはずだった。

「少年があのヤミ金の男をナイフで殺したの?」

表向きには殺人事件のことを尋ねながら、メモには「ダニー・ブライアントの居場所を知ってる？」と書いた。

「…………」

少年は答えない。だが先ほどの反応を見る限り、少年Kとダニー・ブライアントに何らかの繋がりがあることは確かなはず。私はさらに手元のメモに適当にペンを走らせた後に、それを少年に差し出した。

「事件現場の図を描いてるんだけど、ちょっと間取りが思い出せない部分があってね。少年は覚えてる？」

これなら彼が私の本当の質問に対して、自然に筆談で回答することができる。

それから少年は、小さく一つため息をついてからメモ帳を手に取った。

「これで満足か？」

そこには、ダニー・ブライアントの居場所を尋ねた私に対する返事として、こう書いてあった。

――俺の無実を証明してくれたら、ダニーの潜伏先を教えてもいい。

「お待たせ、それじゃあ延長戦と行こうか」

あれから一度、取調室を中座していた私は再び少年Kと向かい合った。

「てっきり俺の無実を証明する証拠でも出てきて、無罪放免が決まったと思ったんだが」

少年は肩を竦《すく》めながら、私の着席を受け入れる。

その泰然とした態度は緊張がほどけたからか、それとも彼の体質上こういった場にも本当は慣れているからか。あるいは――私との取引を通して、彼の中でなにかのスタンスが決まったのか。いずれにせよ、私としてもその方が仕事はやりやすい。

「ちょっと取り調べの時間を延長させてもらいたくてね。そのお願いをしに行っていたのと、あとはこの部屋の監視カメラを一時的に止めてもらってきた」

「カメラで可視化されているおかげで被疑者の安全が確保されるって話だったと思うんだが？　自白剤でも使う気じゃないだろうな」

「ずっと筆談でやり取りするのも面倒だからね。あと、私が本気を出す時はそんな生易《なまやさ》しいものは使わないよ」

「……大脳を壊す以上の攻撃があんたにはあるって言うのか？」

少年Kが顔を引きつらせながら、ついでに椅子を後ろに引いた。

「人の尊厳を壊す」

「警察の言うことじゃないな……」

本当は探偵だから問題ないね。

「けど、これで外野に余計な気を遣わずに君と喋《しゃべ》ることができる」

私が今やるべきは少年Kの無実を証明し、そしてダニー・ブライアントの居場所を彼から聞き出すこと。構造は実にシンプル。

ただ唯一の懸念点は、少年Kが本当に無実であるだろうかということ。状況証拠的には、少年Kが被疑者の最有力候補と言ってもいい。だけど、まさか目的のために真実をねじ曲げるわけにはいかない。

たとえばこちらに有利に働くように証拠を捏造《ねつぞう》したり、あるいは心神喪失を主張したりして少年Kの無罪を勝ち取ればいいわけではなく、あくまでも彼の無実を示さなければならないのだ。とは言え、焦ってはいけない。結論ありきで仮説を立てることは愚策中の愚策だと最近も学んだ。私ははやる気持ちを抑えてこう切り出した。

「まずはもう少し、お互いのことを話し合わない？」

そんな私の提案に対して少年は「例の交渉術か？」と薄く笑う。

「手の内がバレてるのにわざわざそんなことしないよ。ただ、これは私のポリシーでね。誰かに話を聞く以上、自分の情報もある程度開示しなければならない」

もちろん、本当はそんなポリシーはない。そもそも私は警察官じゃないのだ。でも今はなによりも、彼からの信用が必要だった。

「変なところで律儀なんだな、あんた」

少年は意外にも素直に「分かった」と呟《つぶや》いて私の提案に応じた。

それから私は、自分の生まれ育った環境や、どうして警察官を志したのか、これまでどんな事件に関わってきたのか、それらをかいつまんで語って聞かせた。当然そのほとんどが嘘《うそ》だったけれど、百％すべて捏造《ねつぞう》だと疑われやすくなってしまう。

ゆえに私はいくつか真実を混ぜ込んだ。たとえばこれまで担当してきた事件には、探偵として実際に私が解決したものも含まれている。またその話の過程で私は、ダニー・ブライアントについてある窃盗容疑が掛かっていると少年に伝えた。私がなぜ彼を追っているのか、その理由付けをした形だ。実際ダニー・ブライアントがそういう軽犯罪を行っていた可能性については風靡《ふうび》からも聞いていた。

「なるほど。まあ、あいつが警察に追われる理由なんて無限にあるだろうけどな」

すると少年Kは苦笑を零《こぼ》し、今ここにいないダニー・ブライアントの人となりを語り始めた。ある日、親戚を名乗って自分を引き取ったかと思えば、特に面倒を見るわけではなくふらふらと出掛けてばかりだったこと。たまに帰って来るとなぜかいつも服はボロボロで、それでも陽気に笑っていたこと。義賊のような働きをすることも多く、そのため敵も作りやすかったということ。そんなダニー・ブライアントに日々、苦労させられてきたということ──少年Kはそれらを具体的なエピソードと共に私に語って聞かせた。

「まあ、言った通りいつもあいつと一緒にいるわけではないんだけどな」

今も別行動中だ、と少年は説明する。

「その別行動をしている間に、君はこの事件に巻き込まれたと？」

「ああ。諸事情であの事務所へ行ったところ、偶然にもな」

少年はそう言って、オーバーな身振りで自分の不幸を嘆く。それが本当なら、一刻も早くこの件を解決してあげる必要がある。私はそろそろ話を本題に戻すことにした。

「それじゃあ、改めて聞くよ。諸事情とは言うけど、少年はどんな理由があってあんな場所にいたの？」

互いの利害も一致した今なら本当のことを言ってくれるだろうと考え、私は再度その質問を彼にした。

「まだ少年のような年齢の子が訪れるような場所じゃないと思うけど？」

「この年齢での一人暮らしだからこそ金が必要なんだ」

あんなヤバいとこだとは思わなかったんだよ、と少年は釈明する。

ダニー・ブライアントは積極的に少年Kの世話を焼いていたわけではないと言うけれど、お金の工面も行っていないのだろうか。

「少年の言うことを信じたとして。あの事務所にお金を借りに行って、それでどうなったの？」

「俺があそこに行った時にはすでに、ヤクザの男が血まみれで倒れていた」

「なるほど。まあ、普通の人はそれを信じないだろうね」

彼はやはり、あくまでも無実であることを訴えるらしい。

今こうして少年Kと向かい合っていて、私としても彼が殺人犯であるとはあまり思えなかった。それはたとえば、彼の瞬《まばた》きの回数や視線の動き、呼吸の深さなどで、ポリグラフを用いずとも分かる部分はある。

ただ気になるのは、嘘《うそ》をついているだとかついていないだとか、そんなことではなく、少年Kの目がどこか遠くを見つめているような気がしたこと。まるで、自分の戦場はここではないと言わんばかりに。

「じゃあ、少年が持っていたあのナイフは？」

それでも、私と彼の目的は重なっているはず。少年Kの無実を示す証拠を、私は会話の中から模索する。

「あれは最初から床に落ちていて、これが凶器かもしれないなと思わず拾い上げたところをあんたらに見られた」

「それは最悪だね」

これが少年Kの持つ、巻き込まれ体質という力なのだろうか。

そして改めて彼が言いたいことをまとめると——お金を借りにあの消費者金融を訪れたところ血まみれのヤクザの男を発見、また凶器となったナイフをつい拾ってしまい、その光景をちょうど見られてしまった、と。

少年Kにとって随分と都合のいい証言に聞こえる。それも本人なのだから当然とも言えるけれど、重要なのはあくまでも客観的な証拠だけ。

しかし残念ながらと言うべきか、現場となった事務所に備え付けられていた監視カメラは破壊されていたらしい。普通に考えれば犯人の仕業に違いない。が、いずれにせよ、少年Kの無実を示す証拠はいまだ見つかっていない。

「じゃあ少年は、他に真犯人がいて、その人物が被害者を殺害したと考えているわけだ」

「ああ、俺の前に来た誰かがな」

それを証明できるものはないが、と少年は自嘲する。あの雑居ビルがあった路地の近くにも監視カメラはなく、現場近くの人流を把握することはまだできていない。

現状、警察が描いているストーリーは——生活に困窮した少年Kが誤ってヤミ金に関わってしまい、現場でなんらかのトラブルが起こり殺害してしまったと、そんなところだろうか。少年Kが本当に無実だとすると、ここからどうやって覆すか。

「容疑者になることには慣れてるけどな」

すると少年は視線を外しながら、ふっと笑う。大した胆力だと、そう褒めることが憚《はばか》られるほどに、彼は自分の運命を当たり前に受け入れているように見えた。

「大丈夫、幸い現場には複数の足跡があったらしいからね。少年が犯人と決まったわけでは……」

と、その時インカムを通して連絡が入った。相手は加瀬風靡《かせふうび》。

どうやら凶器に付着していた指紋について、鑑識の結果が出たらしい。私はそれをしかと聞き届ける。

「なるほど。少年、新しい事実が分かった」

そして私は風靡《ふうび》から聞いた情報を彼に伝える。

「凶器となったナイフからは、少年の指紋しか検出されなかったらしい」

「なるほど。犯人、俺だな」

「うん。犯人は少年だね」

私たちは互いに苦笑を向け合う。

だけど、諦めるにはまだ早い。真犯人が指紋を拭き取っていた可能性もある。

「俺を信じてくれるのか？」

「私は、人は信じないよ」

人よりも、もっと信用できるものは沢山あるから。

「私はダニー・ブライアントの居場所が知りたい。そして、そのためには君が無実であってくれないと困るわけだ」

「もし、俺が本当は殺人犯だったら？」

少年Kは顔色一つ変えることなく私に訊《き》く。

確かに、そのケースも想定しておかなければならない。

もしも彼が私に嘘《うそ》をついていて、この事件を散々かき回した挙げ句、結局ダニー・ブライアントの情報すら提供しなかったとしたら。

「うん。その時は、君の人間としての尊厳は永久に奪われると思っていいよ」

私は怖《こわ》がられないように、なるべく穏やかな笑顔を作って彼に向けた。

「……月華《げっか》さん。あんた、本当は何者だ？」

探偵だよ、ただの。

まだ君には、内緒だけど。

「とは言え事実、子どもがヤクザを刺し殺せるかっていうと単純に違和感もあるからね。私も真犯人がいるんじゃないかなとは思ってるよ」

まだ真相は見えてはこない。それでももう少し証拠が集まって、あるいは判明した事実を踏まえて改めて現場に足を運べば、見えてくる新たな景色はあるはずだ。

「だから安心して。今日の晩ご飯は、きっと自分の家で食べられるよ」

私がそう言うと、少年Kはどこか遠くを見つめるようにしながら「ああ」とだけ小さく零《こぼ》した。

それから。これ以上、この場で少年Kから聞き出せる情報はないと判断した私は取調室を後にし、現場から押収された証拠品に目を通すことにした。

凶器と思われるナイフの他、債務者リストなどの関係書類、被害者の携帯電話、そして事務所にあったパソコン——私はそれらの分析に乗り出すことにした。相変わらず風靡《ふうび》は不服そうではあったが、彼女の代わりにダニー捜索の件を引き受けていることを改めて口にすると、多少負い目もあるのか渋々といった感じで認めてくれた。

そうして証拠品から見えてきたデータを分析しているうちに、気付けば陽《ひ》は暮れていた。それでもまだやるべきことは多く、児童相談所へ身を移したという少年Kに再び会いに行く頃には、すっかり遅くなってしまった。

目的地の児童相談所に到着し、少年Kが保護されているという部屋へ向かう。そして例のマスターキーを使って錠を開けると、そこには壁に向かい合うようにして横になっている少年の姿がある。

「おはよう、少年」

私はそんな彼の耳元に口を寄せて囁《ささや》いた。

「っ、びっくりした……」

少年は寝ていたのか、私の出現に驚いたように飛び起きた。

「耳、弱いの？」

「逆に耳が強い人間ってどんなやつだよ」

私は強いよ。少なくとも息を吹きかけられたぐらいじゃ動じない。

実証する機会はなさそうだけど。

「遅くなってごめん。晩ご飯の時間、過ぎてしまったね」

思ったよりも証拠品の鑑定に時間が掛かり、約束を破る羽目になった。

「今、何時だ？」

少年は焦ったようにポケットに手をやり、しかしスマートフォンは没取されていることに気付く。

「二十三時を過ぎたところだね」

せめて明日の朝ご飯はあの自宅アパートで食べさせてあげたいけれど。そういえばパンの消費期限は大丈夫だろうか。

「……そうか。二十三時」

すると少年Kは額に浮かんでいた汗を拭い、ため息を吐き出した。

「それで、一体なんの用だ？　その様子だとまだ俺の無実が明らかになったわけじゃないんだろ？」

「うん、でもやっぱり事件っていうのは現場で解決するものだと思ってね。だから」

「だから？」

不思議そうに首をかしげる少年に向かって私は左手を差し出す。

「一緒にここから抜け出そう」

そうして私たちは児童相談所から脱走した。

無論、これに関しては加瀬風靡《かせふうび》も関知していない。完全なる私の独断だ。

「バレたら今度こそ殺されるかな。あの人、容赦ないもんね」

私はかつて《暗殺者》と繰り広げた戦いを思い出しながらペダルを踏む。

だけど夜道をこうして自転車で駆け抜けるのは、なんだか星と風に包まれているような気がして、悪くない時間にも思えた。

「こういうのって普通パトカーじゃないのか？」

と、後ろから少年Kの不満げな声が聞こえてくる。彼は知らないだろうが、残念ながらまだ私は自動車を運転できるような年齢ではない。

いや、まあ、事が事であればやるけれど。そのうち戦車ぐらいは運転できるようになっておきたい。いくら準備をしても、し過ぎるということはないはずだ。特にこの探偵という仕事に至っては。

「初めての二人乗りが警察官とか最悪だ」

少年Kは自嘲しつつ、悪態もついてくる。

達観しているように見えて、やっぱりどこか生意気な子だ。

「いい人生経験だと思わない？　物事、考え方次第だよ」

「どう考えてもよくないだろ。青春イベントを一つ損した」

「少年、そういうのに興味あるの？　表情は死んでるのに」

「余計なお世話だ。自分が枯れてるからって、人のことを……っ、うお！」

私が急ブレーキを掛けると、少年Kが慌てて背後から腰を掴《つか》んできた。

「ああ、ごめんね。猫が飛び出してきたから仕方なく」

「……っ、月華《げっか》さんあんた、さては見た目に反してガキだな？」

「どうだろうね」

私はそう誤魔化《ごまか》しつつ、現場へ急いだ。

それからおよそ二十分後。

「さ、入って。ただ指紋は不必要に残さないように、それと物を動かすのも禁止」

例の雑居ビルに到着した私たちは規制線を越えて、事件現場となった消費者金融事務所に再び足を踏み入れた。

手袋をつけた指先で電気のスイッチを押す。人はいない。遺体も当然回収されており、この場にいるのは私と少年Kだけだった。

「それで？　なぜ俺を現場に連れてきた？」

少年は入り口付近に立ったまま、部屋の奥に進もうとはしない。殺人事件が起きた現場だ、それも当然のことだろう。

「うん、実際に改めて現場を見れば、少年もなにか気付くことがあるんじゃないかと思ってね」

おいで、と手招きをすると少年は意を決したように中へ入ってきた。

「今日は星がよく見えるね」

私は少年Kに語りかけつつ、大きな窓から夜空を見上げる。

「新手の告白フレーズか」

「あいにく、私は年上の男の人が好きでね」

そうじゃなくって。

「このカーテン、開いたままだったんだよね」

私が言うと、少年はその意図を測りかねるように小さく首を捻《ひね》った。

「私が昼間、初めてこの事件現場に来た時からこのカーテンは開いていた。計画的な殺人事件だったとすると、さすがに犯人は不用心過ぎると思わない？」

「……ああ、確かに。普通は人目に付かないようにカーテンは閉めるか」

「そう、だからやっぱりこれは突発的な事件だったと思うんだよね」

事実、この消費者金融の関係者と思われる人間にもあっさり現場を目撃されていた。私がぶつかりそうになったあのスキンヘッドの男だ。やはり今回の犯人は迂闊《うかつ》というか、少なくともこの殺人を最初から想定していたようには思えない。

「だけど、世の殺人犯がみんな完全犯罪を目論《もくろ》むわけではないだろ？　よっぽど被害者に強い恨みがあって、たとえ犯行がバレてもいいから殺人を実行したかったと考えてもおかしくはない」

ガイシャは恨みを買ってもおかしくない人物だった、と少年Kは言う。

確かに職業柄、彼を恨む人物は大勢いただろう。

「でも事実、容疑者は現在逃走している。ということは犯行自体がバレたくないという思いはあったはずなんだよね」

それは仮に犯人が少年Kだったとしても、彼が犯行を否定している以上同じ事が言えるだろう。ともかくこの事件の犯人は、突発的に起こしてしまった殺人という罪からどうにか逃げたいと考えている。

「そうか、監視カメラも壊されてるんだったな」

「うん。それに、凶器のナイフからは指紋も拭き取られていた」

「俺以外に真犯人がいると仮定すれば、だな」

少年は自らそう言って肩を竦《すく》めた。

だけどそれはもう、仮定の話ではない。

私は、その証拠を消した人間こそが真犯人だと確信していた。

「被害者がどんなあくどい商売をしていたとしても、ここが商いの場だったことは確か。であれば、来客の予定なんかがスケジューリングされていても不思議ではないと思ってね。

調べてみたんだ」

「……！　パソコンか」

少年Kは閃《ひらめ》いたように拳を手のひらで打つ。

「よく覚えてたね。今ここにはないのに」

「……ああ。証拠品として押収されたってところだろ」

さすがはこうした事件に慣れている、と褒めるべき場面だろうか。

「それでどうだったんだ？　俺以外に誰か今日ここに来る予定だった人間はいたのか？」

「スケジュール管理ツールを見たんだけどね。あいにく今日は空白だった」

他の日は埋まってたんだけど、と言うと、少年Kは「運が悪いな」と残念そうに視線を外した。

「ただ、代わりにこんなものを手に入れた」

私は持ってきていた鞄《かばん》からとある書類を取り出した。

「ここでお金を借りた債務者の借用書。返済予定日なんかも書かれていてね。それに該当する人間がいれば、あたりがつけられるかなと思ったんだけど……」

「そこにも怪しい人間はいなかった、と」

すると少年は私の続く言葉を代弁した。

「うん、この事務所に置かれていた物理的な、ファ、イ、ル、の中にはね」

が、それは予想外だったのか、少年は驚いたように私を見た。

「実は事務所のパソコンにもこれらの債務者情報はデータ保存されていてね。いや、正確に言えば一部は削除されていたんだけど——復元してみたんだ」

少年Kは黙って私の語りを聞く。

「スケジュール管理ツールも含めて、所々なんだか不自然なデータの抜けがあるような気がしてね。時間は掛かったけど削除済みのデータを復元していったら、とある一人の債務者情報が浮かび上がって来た。しかも不思議なことにその男だけ、事務所に置かれていた債務者リストに名前がなかったんだ」

それはまるで、その債務者だけをこの現場からエスケープさせるための計らいのようだった。その証拠隠滅を行ったのが債務者本人なのか、それとも誰か協力者によるものなのか、それは分からないけれど。

「じゃあ、そのリストから消えた債務者が犯人だと？」

少年Kは険しい顔つきのまま私から視線を外す。

「その可能性が高いと思って、復元したリストに載っていた連絡先に電話を掛けてみたけど、当然と言うべきか繋《つな》がらなかったよ」

だけど、と続けると少年は私の方を見た。

「実はね、少年はもう釈放なんだ。代わってその債務者の男に逮捕状が出た」

「……っ、明確な証拠はあるのか？」

すると少年Kはどこか焦ったように、私に大きく一歩足を踏み出した。

「少年がそれを訊《き》くの？　せっかく冤罪《えんざい》が晴れようとしているのに？」

「…………」

「彼が捕まってほしくない理由でもあるの？」

「…………」

もしも、真犯人と思われる債務者を誰かが庇《かば》っているのだとしたら。

そしてその庇っている人物こそが、この君塚君彦《きみづかきみひこ》という少年だとしたら。

一体彼は、誰を守ろうとしているのか。

「──おい、なにやってんだお前ら！」

その時。現場に、苛立《いらだ》ちを隠そうともしない声が響き渡った。

どうやらこの逃走劇も遂《つい》にバレてしまったらしい。

「ごめん、ちょっと夜の街をサイクリングしたくなってね」

数人の警察官と共に駆けつけた加瀬風靡《かせふうび》に、私はわざとらしくウインクをしてみる。

すると、どうやらそれは彼女の神経を逆撫《さかな》でしたらしく「人に仕事を押しつけたと思ったらまた勝手な真似《まね》を……」と人を殺せそうな視線を向けてきた。

「押しつけたんじゃないよ。私はあなたを頼りにしているの」

「はっ、相変わらず口だけは上手《うま》い」

失礼な。狙撃の腕もそれなりだよ。

「じゃあ、そろそろ本題に入るとして」

ここから先は解決編。

探偵と警察の二人、倍速で巻いていこう。

「まずは少年の無実の罪から晴らしていこうか」

私がそう言うと、風靡は一旦出番を譲るように無言でアイコンタクトを返してきた。少年Kも私の出方を窺《うかが》うようにその場でじっと見つめてくる。

「まず前提として、私はそもそも少年が殺人を行ったとは思っていなかった。少年には、こんな大それた事件を起こす動機も見当たらないからね」

少年Kは取調室で「初めてあの現場を訪れた」というようなことを口にしていた。そしてその証言は、この消費者金融事務所で管理されていた顧客リストを見る限り正しいように思える。中学生の少年が初対面のヤクザを殺傷する動機を仮定するのはあまりに困難だ。

「物証はあるけどな」

すると思ったよりも早く風靡が口を挟んできた。彼女の言う物証とは、凶器のナイフについていた指紋のことだろう。

「動機なんてそんなものは当てにならない。所詮、人間なんて奴《やつ》は皆なにを考えてるか分からない生き物だろ」

　だから信じられるのは客観的証拠だけだ、と風靡《ふうび》はそう言って少年Kを睨《にら》む。

「風靡さん、あんただけはまだ俺のこと疑ってると思ってた」

「はっ、そもそもお前を一度も信じたことはないからな。疑う疑わない以前の話だ」

　そして少年Kと風靡は互いに剣呑《けんのん》な視線を交わし合う。

「あの緩かった交番所長が懐かしいな」

「お前のストレスから解放されて、今は孫と縁側で碁でも打ってる頃だろ」

　……この二人、少し放っておいたら無限に喧嘩《けんか》し続けてそうだね。本題に戻そう。

「確かに鑑識の言う通り、ナイフには少年の指紋がついていたのかもしれない」

　私が再度口を開くと、少年と風靡の注意がこちらに向く。

「だけど、それがそのまま少年が殺しを行ったという証拠にはならないでしょう？」

　本職の警察官である風靡だって、本当はそれも分かっているはずだ。

「私は現場をじかに見たけど、少年の肌や衣服には一滴も返り血がついていなかった。到底、ナイフで誰かを殺傷した直後だとは思えない」

　あの時ナイフを持って立っていた彼の横顔は、なんだか物憂げで、どこか諦めたような表情で、だけど、なぜだろう——確かに、美しく見えてしまったのだ。

　まあ、それは私の主観だとしても。それでもやはり、人を刃物で刺しておいて血液が身体《からだ》に一滴も付着していないのは物理的に違和感がある。ゆえに少年Kが証言していた通り、彼はすでに殺害に使われたナイフを後から拾い上げ、その際に指紋が残ってしまったのだと思われる。

「それと、もう一つ。少年は、被害者を殺害するにはちょっとだけ小さすぎる」

少年Kの身長は160㎝程度。対して被害者は190㎝を超える大柄な男。だがナイフによる刺し傷は、被害者の胸部にあった。

もちろん30㎝強の身長差があったとしても、絶対に少年の手が被害者の胸に届かないわけではない。たとえばナイフを逆手で握り、上から大きく被《かぶ》せるように振り下ろしたなら、少年の腕の高さでも大男の胸の位置に問題なく刺さる。

しかし遺体についた傷痕から、ナイフはあくまでもほぼ水平に胸に突き刺さっていたことが分かった。身長160㎝の少年が、自分より30㎝も背の高い人間をナイフで刺しても、そのような傷痕ができるとは思えなかった。

「じゃあ俺が変にナイフさえ触らなければ、端《はな》から疑われることもなかったわけか」

すると、ここまで私の話を聞いた少年は自嘲する。

「我ながら厄介な体質だ。そのおかげで毎度こんな事件に巻き込まれる」

「うん、私も本当にそう思うよ」

そして私も少年の意見に同調する。——心から。

「その体質のせいで、少年はこんな事件にばかり遭遇している。なのに、今回に限っては随分と迂闊だったんだね」

少年は無言のまま私の顔を見た。

「そう、君はこういう事件に慣れている。慣れ切っている、はずだった。なのにどうしてナイフを自ら拾ったの？」

凶器に触れれば自分が疑われることなんて簡単に予想できる。少なくとも少年Ｋはそういうことを誰よりも理解しているはずだった。だから。

「少年は、こうなることが初めから分かっていて、わざとナイフを拾ったんじゃないの？」

そうして彼は、警察に疑いの目を自分へ向けさせた。

私たちはまんまとこの少年に踊らされていたのだ。

「なんのために？」

少年Ｋが苦笑いを浮かべて首をかしげる。

「誰かを守るために」

誰かを——真犯人を。

少年Ｋはずっと自分は無実と言いつつ、あえて犯人だと疑われるような事をしていた。

「誰かって、誰を？　俺はずっと一人だ。あんたもそれは知ってるだろ？」

警察署でも確かそんな話をした。少年Ｋに友人はいない。独自に調べた限り、親も兄弟もいない。だから彼が身を賭してまで罪を庇《かば》うような人間はいない。——本当に？

「月華《げっか》」

彼は私をそう呼び捨てで呼ぶ。

「あんたは、俺の前にこの事務所を訪れた奴《やつ》が犯人だって言うんだろ？　じゃあそいつと俺はどんな関係だ？　殺人の罪を被《かぶ》るほどの親友か？　家族か？　それとも——」

私は風靡《ふうび》にアイコンタクトを送った。ここから先は彼女の仕事だ。


「いや。真犯人は、お前とは赤の他人だ」


——そっちだったか。

私も今初めて知ったその真相。実はもう一つの可能性が強いかなと考えていたものの、しかし真実なんていうものは得てしてそういうものかもしれない。

「容疑者は、この消費者金融で多額の借金を背負っていた四十代の男。名前は——」

そう言って風靡は、私が持っていた顧客リストに載っていた名前と同じ名を読み上げた。

犯人の名自体は予想通りのものだった。

「ついさっき、そいつは電話で犯行を自供した。今日が返済日の予定だったが金の都合がつかず、待ってもらうように直接現場で頼み込んだが交渉は決裂。今回被害者となった男に脅しでナイフを突きつけられ、揉《も》み合《あ》いになった結果がこれらしい」

正当防衛が認められるかは弁護士の腕次第だな、と風靡《ふうび》はため息をつく。

事件の顛末《てんまつ》としては実にありふれたもの。ただ奇妙なのはここから先だった。

「そして事件直後、たまたま現場に来たお前がなぜかその罪を被《かぶ》り、容疑者は逃亡した」

そう、つまり少年Kは今日会ったばかりの赤の他人が犯した殺人の罪を被ったのだ。

「俺が見ず知らずの人間の罪を被る？　なんのメリットが？」

少年は困惑したように、当然の疑問点を自ら口にする。

だが、その直後だった。

「……でもまあ、俺の役割もここまでか」

どこか安堵《あんど》したように、少年Kは少しだけ表情を緩めた。

これ以上抵抗しても意味がないと。あるいは、すでにもう目的は果たし終えたと、そう言わんばかりに。

「ああ、あんたらの言う通り。俺が真犯人を庇《かば》っていた」

「どうして無関係の君が？」

今度は私が尋ねる番だ。少年Kが庇っている相手がもしも私も追っているあの男であれば、ある程度動機としては理解できたものの、今回はもう一つの可能性の方だった。

「事件現場に出くわして、犯人の男は、焦ったように俺にこう言ったんだ」

少年はぽつりと語り出す。

「もうじき娘の手術の日なんだって。難病を抱えた娘の、生きるか死ぬか瀬戸際の大手術。でも今自分がここで捕まってしまえば、二度と娘に会えなくなるかもしれない――だから頼むって。今日娘に会いに行く一日だけ見逃してくれって、そう言われた」

だから俺は今日この日だけ犯人のフリをすることにした――と、少年Kはそう言って、窓の奥の夜空に視線を向けた。

「……そう。最後に一日だけ、犯人の男を娘さんに会わせるために、君は」

なるほど、とこれまでの出来事がすとんと腑《ふ》に落ちた。

犯人を庇おうとしている割には、足跡が複数残ったままだったり、パソコンの内部データが完全に消去できていなかったり、被害者との身長の問題も解決できていなかったり、だけどそれらはすべて少年Kの未熟さによるものだと思っていた。

でもそれと同時に、仕方のないことだろうとも思った。一介の中学生がそんな簡単に完全な証拠隠滅ができるはずもない、と。

だけど違った。彼の中途半端な証拠の残し方は、すべて自分がたった一日だけ犯人のフリをすれば良かったからだ。自分が犯人と決定づけられるような確たる証拠は決して残さず、二十四時間限定のスケープゴートに徹した。

――賢い。想像以上に、賢い。

それはきっと、彼の体質が引き起こす経験がもたらした才覚だった。

「でも、犯人が自白したってことはもう娘には会えたんだろ？　じゃあ俺の目的は果たせたわけだ」

少年は微笑《ほほえ》むわけではない。

ただ少しだけ疲れた顔で、人助けを終えたことを実感していた。

もう一度言う。彼は賢い、とても賢い。

だけど同時に、甘いとも言わざるを得なかった。

「たった一日だけだとしても、どうして君がそんな危ない橋を渡る必要があったの？」

たとえ少年が自己犠牲によって誰かの願いを叶《かな》えようとしていたのだとしても、そうするだけのメリットは本当に彼自身にあったのか。私はそれを少年に改めて尋ねた。

「とある男の教えなんだ。自分の目の届く範囲の人間ぐらいは救ってみせろってな」

「それを言えるのは、すべてを救える覚悟と力を持った人間だけ。君はそうじゃない」

「……っ、実際俺は上手《うま》くやった。確かに犯人を隠避しようとしたことは犯罪だ。その罪なら背負う」

「それが正しいと本当に思った？　犯罪を見過ごすことが本当に？」

「……分からない。その答えが分からなかったから多分、俺は無意識のうちにナイフを拾っていた」

借金をして、罪を犯して、それでも最後に娘に一目会いたいという親の心——それがどれほどのものか、家族のいない自分には分からなかったから。少年はそう、独り言のように漏らした。

「ああ、やっぱりお前はクソガキだ」

その時。風靡《ふうび》が呆《あき》れたように、いや、氷のように冷たい目で少年を睨《にら》んだ。

「お前が知りたかった答えとやらを教えてやる——手術なんてものは最初からなかった」

「……！」

風靡が口にした真実を聞いて、少年の目が見開かれる。

「そんな、馬鹿な。あの人が嘘《うそ》をついてるようには、とても……」

「多分、嘘をついていたのは犯人の男じゃない」

そうでしょ、と風靡に視線を向けると彼女は「ああ」と頷《うなず》いた。

「嘘つきは、殺されたあのヤクザの方だ。自分のツテで娘の難手術を引き受ける医者を紹介してやると言って、その紹介料という名目で高金利の金を貸し付けていたらしい。だがそんなツテは最初からなく、予定されていたという手術は架空のものだったってオチだ」

そんな真相を調べ上げた風靡は無表情のまま口を真一文字に結んだ。彼女のいつもと変わらない顔の裏にも、きっと怒りはある。なんとなくそんな気がした。

「金を巻き上げるためにそんな嘘まで……」

少年はショックを受けたように唇を強く噛《か》む。

そして彼と同様に先ほどすべてを知ったことで、犯人もようやく自白したのだろう。

「ねえ、少年」

こういう時、どんな言葉を掛ければいいのだろうか。決して探偵は慰めの言葉を考えるのが仕事ではないはず。そんなことは分かっている。それでも。

「自分が知りたい答えを、他人に求めちゃいけないよ」

その台詞《せりふ》は考えた末に出た言葉ではない。

でも気付けば私のこの口はそんなことを喋《しやべ》っていた。

「知りたい答えがあるのなら、それは自分で見つけなくちゃいけないんだ」

きっとそれは私も同じだったから。

だから私は少年と、私自身に向けて言っていた。

私には失われた記憶がある。倒さなくてはならない敵がいる。

取り戻さなくてはならないものがある。——だから、私は。

「大丈夫、私に任せて」

そこまで言って初めて少年が顔を上げた。

「腕のいい医者に心当たりがあるんだ。君や、犯人が守ろうとした娘さんの命はちゃんと助かるよ」

「……本当か？」

うん、彼は人を救うために生まれてきたような男だからね。

だから、今は。

「君は安心して、しばらくお巡りさんの厄介になることだね」

そう言うと少年Kは一瞬虚を突かれたような顔になって、それから自身の負けを認めたように小さく笑った。

◇四月二十九日　君塚君彦《きみづかきみひこ》

その日。くたくたになりながらようやく帰宅した俺は、和室にて我が物顔でくつろぐ一人のおっさんの姿を見つけた。

「よお、遅かったなあ。お前んとこの学校は九時限授業か？」

日本の学生は勤勉だなあと、男はニヒルな笑みを浮かべて俺を一瞥《いちべつ》する。俺がどんな目に遭ってようやく帰宅したのか、ある程度分かった上でこの態度なのだ。

「いつも通り、ちょっとした事件に巻き込まれてな」

「そうか。このなんでも屋──ダニー・ブライアントが解決してやってもよかったんだぞ？」

「依頼料ぼられそうだから遠慮しておいた」

そう素気《すげ》なく言い返すとダニーは乾いた声で楽しげに笑った。

それにしても、二日前のカーチェイスに続いてまた事件に巻き込まれるとは。俺は大きくため息をつきながら、満身創痍《まんしんそうい》の身体《からだ》を座布団に沈める。

恐らくはダニーが注文していたのだろう、卓袱台《ちゃぶだい》の上に置いてあるピザは、残り四分の一だけになっていた。

「あんまり吸ってると、健康寿命が短くなるぞ」

俺は炭酸飲料をコップに注《つ》ぎながら、向かいで煙草《たばこ》に火をつけようとしていたダニーにそう忠言した。

「ほお、おれに長生きしてほしいってか?」

「あくまで一般論だ、二度は言わない」

「ははっ。身体に毒でも、精神には薬だからなあ」

ダニーは適当な軽口を叩《たた》きながら、もくもく白い煙を吐き出す。

いつも飄々《ひょうひょう》としているダニーだが、そんな彼にも心の薬とやらが必要になることはあるのだろうか。なんて、本人に訊《き》けない質問はきっと考えるだけ無駄だろう。

「食い終わったら仕事をするぞ」

するとダニーは煙草を吸いながら、くたびれた鞄《かばん》からなにやら紙の資料を取り出した。

そこには、ずらっと一覧で人名と電話番号が並んでいる。

「とにかくそのリストにある番号に電話を掛けまくってくれ」

ダニーはこうして時折アパートに帰宅しては、俺に仕事を手伝わせる。そして賃金を貰《もら》いながら、俺はいつか一人で生きていくための資金を貯《た》めていたのだが……。

「これ、詐欺じゃないよな？」

急に不安になって俺は尋ねる。ダニーが持ってきたこれは一体なんのリストなのか。

「会社の金を使い込んでしまって……」みたいな電話をさせるつもりじゃないだろうな。

「はは、しがない会社員役をやらせるには少々お前の声は高すぎる」

確かに、俺はまだ声変わりの途上だ。

「じゃあ俺はなにをすれば？」

「普通に電話をしてその家の子を遊びに誘うだけだ」

「意味が分からん……」

なんだ、あんたは俺に友だちを作るボランティアでもしてくれようとしているのか？

「この仕事がどう金に繋《つな》がるんだ？」

「世の中ってのは、そんな単純な構図でできちゃいないんだ」

と、ダニーは俺に教え諭すように言う。

「風が吹けば桶屋《おけや》が儲《もう》かるというように、最後の最後、巡り巡ってなにか別の結果が生じることだってあるもんだ」

アメリカの出身とは聞いていたが、日本の諺《ことわざ》をよく知っている。

話の流れからするとダニーは、今はまだよく理解できない事柄もいつかその意味が分かる日が来るのだと、そう言いたいのだろうか。喩《たと》えに用いた諺とは多少、意味がずれているような気もするが。

「バタフライ効果と言ってもいい。庭先にいる一羽の蝶《ちょう》の羽ばたきは、いつか巡り巡って遠い異国でハリケーンを起こすものだ」

ダニーは瓶ビールを卓袱台《ちゃぶだい》に置き、カーテンの開いた窓を眺める。

今晩は見事なほどの満月だった。

「とは言え、今おれに金がないのは事実だ。そろそろでかい仕事の一つでもしないとな」

やはり今回彼が持ってきた仕事は、直接金に繋《つな》がるようなものではないらしい。

それでもダニーは余裕そうにでかい欠伸《あくび》をかます。

「金がないんだったら尚更《なおさら》、余計なものを買ってくるな。あの絵も幾らしたんだ?」

俺はかつてダニーが「土産だ」と言って買ってきた作者不明の風景画を指差した。

それはダニーの悪癖で、この和室には同じような芸術品が大量に並んでいる。

「ああ、たまたま近くの路上で会った画商を名乗る若い女から買った。生活に困ってたみたいでな、言い値で買ってきた」

……この前は土産と言ってたくせに、この街で買ったのかよ。

「騙《だま》されてるだけじゃないのか」

「騙されちゃいけないのか？」

するとダニーは真顔で首をかしげる。

「仮におれが騙されていたのだとしても、その金は確かにあの困窮した女が得て、明日の朝彼女はパンとヨーグルトを食べられるだろう。おれがやったことは、果たして人として間違っているか？」

自分の目の届く範囲の人間ぐらい助けないでどうする、とダニーはさらりと言う。それはいつもの彼の口癖だ。

たとえ騙されようと、自分が被《かぶ》った不利益は誰かの利益に変わる。幸福の総量が失われたわけでもなく、ただ財が持つ者から持たぬ者に流れた。誰かがそれを偽善と呼ぼうとも、ダニーはそれを信念で貫くのだろう。

「疑うぐらいなら騙された方がマシってことか。なんとなく、あんたらしいな」

俺は本当のところ、ダニーがどんな人物かなんて知らない。この数年、ずっと一緒にいたわけでもない。それでも、なんとなくそう思った。

「だからお前はまだガキなんだ」

良い風な話でまとまったはずが、なぜかダニーはキレていた。なんでだよ。

「たとえ騙《だま》されたとしても人を疑うよりはマシ？　はは。じゃあ、詐欺に遭って、金が盗《と》られ、その金はさてどこにいく？　大抵そういう類いの詐欺は元締めがいるんだ。そうして奪われた金は、また新たな組織的な犯罪に利用される」

その時に同じ事が言えるか、とダニーは俺に訊《き》く。

自分が騙されても誰かが幸せになるならそれでいいと、本当に言えるのか、と。

「騙されることは、罪を犯すことに等しい」

ダニーはそう結論づけ、厳しく俺を見つめる。

「だったら最初からそう言ってくれ」

だが確かにダニーのその主張もまた正論だった。疑うぐらいなら騙された方がいいなんて、やはり聞こえのいい綺麗事《きれいごと》に過ぎないのかもしれない。

「……いや、じゃあ尚更《なおさら》なんであの絵を買ってきたんだよ？」

詐欺の可能性があることは分かってたんだろ？

「罪を犯してでも、綺麗事を優先したくなることがあるからさ」

人間だからな、と言ってダニーは笑った。

「それに、いつか生活にでも困ったら試しに売りに出してみろ。その絵は多分、お前を助けるぞ」

まったく、結局この絵には価値があるのかないのか、どっちなんだ。

「世の中万事ケースバイケースだ。白と黒だけで決まる世界じゃない。桃色に金色、サファイア色だってある。その時々、てめえの目と耳と経験と第六感で判断しなくちゃならないことは山ほどあるのさ」

ダニーは独り言のようにそう呟《つぶや》きながら、残っていたビールを瓶のまま飲み干した。

彼の言うことは、子どもの俺にとっては少し無茶《むちゃ》な要求に思えた。

「金がないという事実だけは疑いなさそうだけどな」

「はは！　違いねえ」

ダニーはからっと笑ってその場に寝転んだ。酒が回ったのか目を閉じる。

やはり今晩はここを寝床にするらしい。

「というわけで金のないおれは、しばらくお前に給料を渡せない」

「そろそろ水道も止まるんだが？」

「そん時ゃ酒を飲めばいいだろう」

あほだ、このおっさんは。

本格的に寝始めたダニーに、俺は仕方なく薄い毛布をかけてやる。

「最近また、おれを追っている奴《やつ》がいるかもしれない」

ふと、ダニーが目を瞑《つぶ》ったままそう呟《つぶや》いた。

それはカーチェイスの奴《やつ》らとはまた別の存在だと、そう言いたげだった。

「もしもそいつに会ったら……」

「ダニーの居場所は知らない。そう答えれば良いんだろ？」

それが俺たちの約束だった。

「ああ。もしもそういう怪しい奴がお前に近づいてきたら、むしろ積極的に騙《だま》してやれ」

するとダニーは寝転んだまま「それがお前の処世術だ」と、助言をしてくる。

「俺に詐欺師になれと？」

「その厄介な体質を抱えたお前が警察や探偵と戦うには、詐欺師か怪盗になるしかない」

「……警察と探偵の世話になる前提かよ」

「はは、それがお前の運命なんだ。諦めろ」

それなら昼夜なく働く社畜サラリーマンの方が百倍マシだな。

「ああ、そうだ。助言ついでにもう一つ、お前に言っておくことがある」

やれ、寝るか喋《しゃべ》るかどっちにしたらどうなんだ。

「またしばらく旅に出る。留守番、頼んだぞ」

「留守番って、今さらだろ。どこに行くんだ？」

そんなに興味があるわけではないものの話の流れで尋ねると、ダニーは「日本の海を見に」と答えた。抽象的な答えだが、日本海が目当てなら北陸地方だろうか。

だが、そんな観光もダニーにとってはあくまでもついでだ。

「ちょっと今回ばかりは厄介な仕事でな。だがまあ、お前は気にせずいつも通り、銀行強盗やバスジャックにでも巻き込まれてくれ」

ダニーが急に行方を晦《くら》ませることは今まで何度もあった。そもそもこの男はいつもこのアパートにいるわけでもない。ゆえに俺は「そうか」と一言だけ返した。

「おれはおれで好き勝手にやらせてもらう。今までもそうしてきたし、それはこれからも変わらない。だからお前も自由にやれ。第一お前はおれの子ではないし、おれはお前の親でもない。おれはお前を縛る枷《かせ》になるつもりはない」

ついこの前は心の父親だのなんだの言っていた気もするが、あれはその場の思いつきの戯《ざ》れ言《ごと》だったらしい。

「だがまあ人間そんなもんだろ？　ああ、そうさ、それでいい。おれが今日、昨日、過去、お前に偉そうに講釈垂れたことなんて、全部無視して構わない。明日お前が好きになったラッパーのリリックに人生を左右されようが、それもまた人生だ」

「信念がマシュマロぐらい柔《やわ》いな」

「はは、鉄みたいに硬い信念だと折れた時に大変だぞ」

ダニーは自分の腕を枕にし、目を瞑ったまま笑う。

「好きは偶然の連続、生き方もまたしかりだ。おれはお前に怪盗か詐欺師になれと言ったが、別に警察官か探偵になってくれてもいい。大事なのは今その瞬間、自分がどうしたいかだけだ」

「そんなわがままが許されるのは子どもまでじゃないのか？」

「はは、そうだな。そうかもしれねえ」

ダニーはそれからのっそり起き上がると、細めた目で俺を見つめる。

「だが忘れるな、お前はその子どもだ。もっとねだれ、欲しがれ、自分本位になれ。それがせめて、酒も飲めねえ、煙草《たばこ》も吸えねえ、子どもだけに許された特権だ」

「……他人に迷惑をかけてもか？」

「人間なんざ、生きてるだけでどうしようもなく誰かに迷惑かけてんだ。どうせクリーンに生きられねえなら、せめて人間らしく我《わ》が儘《まま》に生きて死のう」

そんな風に言い切れるダニー・ブライアントという男の目には、きっと俺には見えていない景色が映っているのだろうなと、そう思った。

◆四月三十日　シエスタ

「なるほど、じゃあ少年は晴れて無罪放免ということ」

日本に来てから住処《すみか》としている骨董品店《こっとうひんてん》の店内。ロッキングチェアに揺られながら、私は電話口の風靡《ふうび》にそう相槌《あいづち》を打った。

時刻は午後二時を過ぎたところ。開店以来まだ一人も客が訪れていない店内には午後の柔らかな陽差《ひざ》しが入って来て、絶妙に眠気を誘ってくる。

『ああ、実に残念なことにな』

風靡は大きくため息をつくと『今回もあのクソガキを捕まえ損ねた』と、彼女にしては分かりやすく愚痴を零《こぼ》した。

「あなた、彼のこと嫌いすぎじゃない？　親の仇《かたき》でもあるまいし」

『親の仇程度だったら、ここまで執着しちゃいない』

さすがにそれは暗殺者ジョークだと思いたいものの、今回のようにあれだけ厄介な事件を、それも頻繁に起こす存在がいたとしたら、彼女のようなリアクションになるのも無理はないのかもしれない。

——一昨日《おととい》、消費者金融事務所で発生した殺人事件。当初、容疑者として考えられていた少年Kは、しかしある事情で真犯人を庇《かば》おうとしていただけだったことが判明した。いや庇うだけと言ってもそれは普通、犯人隠避罪という別の罪に問われることになる。

けれど一昨日の夜に犯人が自白し、それから改めて事件当時の詳細を聞いたところ、事務所の監視カメラを破壊したり、パソコンの内部データを破損させたりしたのはその犯人の男だったことが分かった。つまり少年Kは、あくまでも落ちていたナイフをたまたま拾ったただけ。彼を罪に問う手段も証拠も存在しなかった。そういう意味では、警察も探偵も、あの一人の少年に完敗したのかもしれない。

『お前にとっても残念だったな』

すると風靡《ふうび》は私に対しても同情の言葉を掛ける。

『あいつが庇《かば》っていた犯人の正体、それがダニー・ブライアントかもしれないと、そう踏んでたんだろ？』

そう、私は最初その可能性が一番高いと思っていた。家族や友人のいない少年Kが、それでも誰かの罪を自ら被《かぶ》るとしたら、彼の親戚を名乗っていたダニー・ブライアントではないか、と。

しかしその予想は、事の顛末《てんまつ》の通り外れていた。少年Kが庇っていたのは、初対面の赤の他人。彼はなにか自分が抱える命題に対しての答えを求めて、そのような行為をしたようだった。

「確かに今回いきなりダニー・ブライアントに辿《たど》り着《つ》くことはなかったけど。でも、近いうちに進展はあると思うよ」

私はそう、直感ではなくある程度の確信を持って答える。

『ほお、なにかそう推理できる根拠でも？』

うん、それは幾つかあるんだけど。でも一番確かなことは。

「ごめん、お客さんが来たみたいだから。また」

私は風靡にそう言って電話を切った。そして、その直後。


「この前とは随分と見た目が違うんだな。白銀月華《しろがねげっか》」


開店以来、お客様第一号となるその少年――君塚君彦《きみづかきみひこ》は、私を訝《いぶか》しむように眺める。警察官から骨董品《こっとうひん》店オーナーにクラスチェンジした私が不思議で仕方ないらしい。

「来ると思ったよ」

私はそんな彼を招き入れ、カウンターの前の椅子を勧める。

少年Kはやはり私の顔を穴が空くほど見つめながら、そのアンティークチェアに腰掛けた。脇に抱えていた荷物は、そっと床に置く。

「もう一度訊《き》くが、あんた本当に月華か？」

実は一昨日《おととい》の夜、事件が一応の解決を見せたあと、私は少年Kにこの住所と共に正体を教えていた……のだけれど。

「さりげなく私を『さん付け』で呼ぶのやめてない？」

今だって見た目は二十代の大人の女性に見えているはず、なのに堂々と呼び捨てとは。

「俺の中でも色々と検討した結果、やっぱりあんたのことは呼び捨ての方がしっくり来ると思ってな」

驚くほど自分勝手な少年だ。まあ、実際の年齢を考えると呼び捨てでも構わないのだけれど、にしてもだいぶ距離の詰め方が独特な気がする。

友だちがいなくてコミュニケーションを取るのが苦手と思いきや、その逆で誰に対しても自分のスタンスを貫くらしい。だけどその生き方は、あるいは私とも少し似ているのかもしれない。

「にしても、その変身っぷりはどういう仕組みだ?」

少年はまず私のつま先を見つめ、そこから徐々に視線を上げていく。

「胸部で視線が止まる時間が長かったね」

「……気のせいだろ」

「ねえ、少年。私たちみたいに、年上のお姉さんと年下の少年の間にある関係性を俗になんて言うか知ってる?」

「そろそろ本題に入らないか!」

その子どもっぽい頬《ほお》の紅潮ぶりはまさしくといった感じなんだけれど、これ以上いじめると話が先に進まないのでやめておく。

「そう、私こそ裏社会で生きる正義の味方──怪人二十面相」

私は改めて、一昨日《おととい》の夜に彼に明かした正体を告げた。

「……見た目から身長から、なにもかもこの前と違うんだが」

「顔は特殊なマスク、身長はシークレットブーツでね」

「本当の年齢は？」

「女性に年齢を訊《き》くものじゃないよ」

私が薄く微笑《ほほえ》むと、少年は露骨に面白くなさそうな表情を浮かべる。うん、いい顔だ。

「そういえば、実は少年に一つ訊きたいことがあってね」

私は先日の事件について、一つだけ確認しそびれていたことを少年に尋ねた。

「消費者金融事務所にお金を借りに行ったせいで事件に巻き込まれたっていうの、あれは嘘《うそ》でしょ？」

私がそう訊くと少年は少しだけ驚いた様子を見せた後「……それもバレてたか」と苦笑いをした。彼ほど賢い子が、あそこがどういう場所かを知らずに近づくとはやっぱり思えなかったからね。

「偶然近くを通りかかっただけ？　それとも、以前なにかしらの因縁があってあの事務所に呼び出されていたとか」

彼のいわゆる《巻き込まれ体質》であれば、そういったこともあるのだろう。

「……後者だな。でもあの時それを正直に言えば、俺が犯人になる可能性が高くなり過ぎると思った」

なるほど、それは確かにギリギリのバランス調整だったかもしれない。もちろん、いずれ真相は明らかになるはずだったとは思うけれど。

「被害者の携帯の通話履歴に、少年とのやり取りは残ってなかったけど？」

当然、削除された可能性も踏まえてすべてのデータを復元した上でだ。

「ああ、相手から掛かってきたのはこの携帯宛だったからな」

すると少年は「ダニー・ブライアントが使っていたものだ」と言って、一台の携帯電話を取り出してみせた。

「用途に合わせて何台も使い分けてたみたいだが、これはあいつが置いていったうちの一台だ」

――置いていった。それはすなわち、今ダニー・ブライアントがやはり少年Kの近くにはいないことを意味する。

「それで、君がここに来た理由はそれ？」

そしてここからその本題だ。

私は、少年Kが脇に抱えてきた、布で覆われた荷物に視線を向ける。

「今日はあんたに借りを返しに来た」

そう言いながら少年は、真四角の荷物に巻かれた布を解《ほど》いた。そうして露《あら》わになったのは複数枚の絵画だった。そのどれもに牧歌的な景色が描かれている。

「この絵は全部、ダニーが持っていたものだ」

なるほど、確かにダニー・ブライアントは失踪前、こういった美術品や骨董品《こっとうひん》を多く集めていたという。私がこうして骨董品店を営んでいるフリをしているのもそれが理由だ。

「この美術品が、ダニー・ブライアントの居場所を示すものだと？」

「少なくとも俺はそう睨《にら》んでいる」

元々、少年Kと交わしていた取引は、例の殺人事件において彼の無実を証明する代わりに、ダニー・ブライアントの居場所を教えてもらうというものだった。

「実は俺もあの男が今どこにいるかは知らなくてな。だから代わりにこれを持ってきた」

「その口ぶりからすると、少年もあの男を捜しているということ？」

「まあな。つまり今、俺たちの利害は一致しているというわけだ」

そう口にしながら、少年はふっと視線を外した。

——なにか隠している。直感でそう思った。

だけど今、それを指摘する意味はないだろう。それに。

「どうしてこの風景画が、ダニー・ブライアントの居場所を示すことに繋《つな》がるの？」

まだ少年から聞き出せる情報はきっとある。少し泳がせておくのもいいはずだ。

「ダニーが言ってたんだ。もしも自分がいなくなったら、その絵を売りに出せって。それはもしかしたら、単純に絵を売って生活費の足しにでもしろという意味だったのかもしれない。……けど、俺には」

そうは思えなかった、と。少年は私の目を見ながら言った。

彼が、この何枚かの油絵こそがダニー・ブライアントの居場所に繋《つな》がっていると考えているのは、どうやら確かなようだった。

私は改めて、少年が持ってきたその絵画を……つい一昨日も彼のアパートで見たばかりのその絵を眺めた。

「なるほど、ね」

少年は、まさか私が不法侵入によってすでにこれを見ていたとは思いもせずに持ってきたのだろう。

でも、今ここにある絵画はあの時とはまた違った意味を持っている。ダニー・ブライアントと数年にわたって関係を築いた少年Kが、確かにこの絵にはなにか裏があると確信をしているのだ。

「あんたなら、なにかこの絵の意味が分かるんじゃないかと思ってな」

少年Kには、きっとまだ私に言えない秘密がある。なにかを隠してここに来た。

だけど、彼がなにか知りたい答えを探し求めていることだけは分かる。

それはたとえばこの前、少年が夜の事件現場で口にしていた、家族愛についてなのか、それともダニー・ブライアントの居場所なのか――いずれにせよ。

「依頼人の願いを叶《かな》えることは絶対だ」

私はそう自分に言い聞かせる。

私と少年Kによるダニー・ブライアントを探す旅は、ここから始まった。

【ある少女の語り②】

私は一旦そこまでの手記を読み終えて、顔を上げました。

「これが、シエスタ様と君彦《きみひこ》の本当の出会いだったんですよね」

当のシエスタ様はやはり、すやすやとベッドの上で寝息を立てています。

今ごろどんな夢を見ているのでしょう。

やはり彼――この時はまだ少年Kと呼んでいた君彦の夢でしょうか。

事件現場とあらば神出鬼没だった彼であれば、人の夢の中にひょっこり出てきてもおかしくはないでしょうから。

「シエスタ様は当時、君彦のことをどう思っておられたのですか?」

返事はないと分かっていて、私は眠っているシエスタ様に話しかけます。

手記から伝わってくるシエスタ様の君彦に対する印象は、とても賢く、面白い人間であるというような感じでしょうか。あるいは、どこか淋《さび》しげで、儚《はかな》げで、なにか内に秘めたものを抱えた、不思議な少年だとも思っていたのかもしれません。

いずれにせよ、まだ彼を自分の助手にしようと考えていたわけではないでしょうが……

しかし、生まれ育った境遇や他人への接し方など、どこか自分と似ている部分もあった彼に興味を持ったことは確かでしょう。

一方で君彦は当時のシエスタ様を……いえ、謎の怪人二十面相のことをどう思っていたのか。それに関しては、私には彼の手記を読むことも叶《かな》わないので分かりません。が、とにもかくにも利害が一致した二人はそれから、ダニー・ブライアントの足跡を探す旅に出ることになるようです。

もしかするとそれが、シエスタ様と君彦の最初の共同作業というやつになるのでしょうか。世界の名探偵と巻き込まれ体質の助手――その二人が揃《そろ》っていて、なにも起きないはずがない。きっとそれはシエスタ様も分かっておられたでしょう。

もっと言えば、シエスタ様はこの時点であの真実にも本当は勘づいていたのではないか……というのは、さすがに私の早とちりでしょうか。

しかしどちらにせよ、今から再び私が読むこの数日の物語が、彼らにとって無駄だったはずがありません。

いつか始まる二人の三年にも及ぶ冒険譚《ぼうけんたん》、その始まりはそこにあったのですから。

【第三章】

◆五月一日　シエスタ

これが夢だということは分かっていた。

『《原初の種《シード》》、あなたの本当の目的はなに？』

なぜなら、そう口にしていたのは過去の私で、そんな光景を宙に浮かんだ今の私が見つめていたからだ。

およそ一年前、私はある敵を追って、追って、辿《たど》り着《つ》いたのは大きな鍾乳洞《しょうにゅうどう》。陽《ひ》の光が入らないその洞窟の奥に、巨悪はいた。白髪の青年の姿で、背中からは幾本もの《触手》がうねりを打っている。

『人類には到底理解できぬことだ』

そしてそう告げた世界の敵の前に、すでに私は屈していた。頭脳も力も到底及ばない、敵にとっては赤子に等しい私は血を流しながら膝を折っている。

私は思い出す。これは夢。

およそ一年前、私が実際に体験した屈辱の——敗戦の記憶だった。

『いつか必ず、私はあなたを倒す』

当時の私は、なぜかトドメを刺そうとして来ない敵に向かってそう宣言するのが精一杯だった。

『また仲間を犠牲にするのか？』

すると《原初の種》はどこか失望した瞳で、一人きりでこの戦いに挑んだはずの私に向かってそう言い放った。

さらに敵はその姿を幼い少年少女に次々と変化させていくも、やはり攻撃をしてくる素振りは見せない。

『……なにが、言いたいの？』

最終的に赤い目をした黒髪の女の子に変身した《原初の種》は、しかし私の問いに答えることはない。そしてその少女の姿にも、私は見覚えがなかった。

すると敵は私のそんな反応を見届けた上で、やがて変色竜《カメレオン》のように姿を周囲に同化させてその場から消えていった。

『……仲間なんて、私には』

私はかつての、ある一定期間の記憶を失っている。

もしも敵が言ったことが本当なら、私は昔知らぬ間に仲間を見殺しにしたのだろうか。

今はもう、忘却の彼方《かなた》に消えた記憶。

過去の私は、一体なにをして、なにを失ったのだろう。

私は、私は――

「――――！」


部屋に鳴り響いたアラーム音が、私を夢から目覚めさせた。

夏でもないのに汗が額と首に浮かび、ぐっしょり濡《ぬ》れた寝間着が肌に張り付いている。

私は荒い息を整えながら起き上がり、枕元のスマートフォンに手を伸ばした。

「……電話？」

目覚ましのアラーム音だと思っていたそれは、どうやら着信音のようだった。

画面に表示された相手の名前は――君塚君彦《きみづかきみひこ》。

そういえば今日は、午後から彼と待ち合わせをしていたんだっけ。

改めて今の時刻を確認すると、十四時を回ったところ。十三時という集合時間は、私にとっては少し早すぎたようだった。


「お待たせ、待った？」

それからさらに一時間後。待ち合わせ場所の駅前に、見慣れたシルエットを見つけて私は声を掛けた。

「その台詞《せりふ》は五分程度遅刻した人間が言うんだ。二時間遅れてどの口が……」

すると不満を呟《つぶや》きながらその人物、君塚君彦こと少年Kが振り返った。

「…………」

しかし彼は一度私の姿を確認すると、ふっと視線を外した。

「怪人二十面相は変装が忙しいな」

そう、私は外見を警察官や骨董品《こっとうひん》店の店主から改め、また新しい顔とコスチュームを手にしていた。

「プライベートっぽく、私服にしてみた。どう？」

私はスカートの裾をわずかに持ち上げながら少年に訊《き》く。まあ、最初のリアクションでなんとなく分かるけど。

「少し短すぎるな。あと、ニットはなんか、こう、目立つ」

少年は顔を背けたまま、もごもごと口にする。

「怪人二十面相は顔も声も胸の大きさも自由自在ということを教えておこうと思ってね」

「街中で違う姿のあんたに会っても気付かないな」

「じゃあ合言葉でも決めておこうか」

そう言うと少年はようやくこちらを振り向いた。

「『美人だな』って君が褒めたら、私は『月華《げっか》さんだからね』と答えるよ」

「今ようやくその名も偽名ってことが分かった」

花の名前かよ、と少年Kは苦笑する。博学なのはいいことだね。

「それで？　本当にあの絵についてなにか心当たりがあるのか？」

　すると少年Kは半信半疑といった様子で私にそう尋ねる。

　彼が訊《き》いているのは、昨日私のものとへ持ってきたダニー・ブライアントの忘れ形見について。ある日、謎の画商から買ってきたというその絵画は、少年曰《いわ》くダニー・ブライアントの居場所に繋《つな》がる可能性があるらしい。私たちは今日それを頼りにある場所へ向かう予定だった。

「うん。まあ正確に言えば、心当たりがあるであろう存在に心当たりがあるというか」

「……随分と迂遠《うえん》な表現だな。俺はてっきりあの絵に描いてある場所にでも行くのかと思っていたんだが」

　昨日、少年が持ってきた絵画にはある牧歌的な風景が描かれていた。

「その場所にダニー・ブライアントがいるって？　さすがに短絡的すぎだよ」

　実際、描かれていた風景自体にも心当たりはあるのだけれど、それよりも私が重視したいのは。

「あの絵を描いた本人に会いに行こう」

　それが私たちの最終的な目標だった。

「だけど、まだちょっと準備ができてなくてね。それまで街でもぶらつこうか」

　実は引っ越してきたばかりなんだ、と言いながら私は少年の先を歩き出す。

「案内役をやれと？　あいにく、そう語ることがあるほど面白い街じゃないとは思うが……」

少年は小さくため息を吐《つ》きつつも私の隣に並び、都会から少しだけ外れたこの下町をナビゲートする。

「一応、そこの食パン専門店はオススメだな。もうこの時間は売り切れてるが」

少年が指差したのは、道を挟んだ向かい側にあるパン屋さん。やたらと目立つ大きな看板には「ラ・パンカネラ」と店名が書かれている。……カンパネラではなくて？

「我ながらいいネーミングセンスだ」

「なんで少年が食パン専門店の屋号を背負《しょ》ってるの？」

さらりとそういう情報を流さないでほしい。

「昔そこの店に強盗が押し入ったことがあって、紆余曲折《うよきょくせつ》あった後に俺がそれを解決したことで店の命名権を貰《もら》った」

「よくそんなエピソードを持っていながら、この街は語ることがないとか言えたね？」

あとできればその紆余曲折こそを聞かせてよ。

「あ、そこの駄菓子屋」

私のツッコミを失礼にも無視して次に少年が目を向けたのは、昔ながらの佇《たたず》まいの駄菓子屋さん。店の奥、座敷のような場所では店主とおぼしきお婆《ばあ》さんがお茶を飲んでいた。

「あのばばあだが」

「急に口が悪いね」

「当たりが出ても、目が霞《かす》んで見えないっつって交換してくれない」

「それはクソばばあだね」

キッと店の奥から眼光が向けられた気がして、私と少年は突発的に競歩のように歩き出した。面白いね、この街。

「そうだ、月華《げつか》。未来の自分と話してみたくはないか？」

「日常会話みたいなテンションで、ちょっとした物語が始まりそうなことを言わないで」

嘘《うそ》、もっと言ってほしい。段々楽しくなってきた。もしかすると私の日常より、少年の日常の方が冒険に溢《あふ》れているかもしれない。

「そこの歩道橋下の電話ボックス、五分だけ未来の自分と喋《しやべ》れるっていう噂《うわさ》があってな」

「もしそれが本当なら、未来の私はまだ君塚君彦《きみづかきみひこ》っていう名前の男の子と仲良くしているかを聞いてみたいかな」

「そんなに俺に興味が？」

「観察対象としてね」

と、そんな愉快な会話を繰り広げていた時だった。

「食い逃げだ！　捕まえてくれ！」

背後から、男の大声が聞こえてきた。そして振り向いた瞬間。

「痛《い》ってえ……」

そう苦痛の声を漏らしたのは隣にいた少年K、後ろから走ってきた若い男に突き飛ばされたらしい。

「本当に難儀な人生だね」

私は尻餅をつく少年に対して同情しつつ——背を向けて逃げる食い逃げ犯を追いかけ、数秒のちに捕まえた。

「……よし、計画通りだな」

やがて少年Kが尻餅をついたままサムズアップをしてくる。

「私たち、もしかしたらいいコンビになれるかもね」

彼が事件を運んできて、私がそれを一瞬で解決してみせる。

ただそうなると、彼が事件に巻き込まれるスピードも倍になりそうだった。


それからもしばらく少年Kと共に街を歩いていると、やがて私のもとに一本の連絡が入った。メールの差出人は、私が仕事をする上で欠かせない存在——《黒服》の一人。彼らに探ってもらったのは、過去三年にわたってこの街で行われたあらゆる商いの裏取引。実はそれは、前に風靡《ふうび》が電話で語っていたこの街で起きているという数々の事件のことでもあり——たとえば非合法の薬の売買や、政治資金の裏金、そして脱税絡みの物品の転売などが例に挙げられた。ダニー・ブライアントはある画商の女から絵を買い取ったというけれど、それが正規の販売ルートでなかったことは明らかで、私はそこに目を付けた。

その裏ルートを調べてもらうために私が頼ったのが《黒服》の存在。彼らは《調律者》の十二ある役職の一つでありながら、唯一世界に無数の構成員を持つ組織でもある。そして私たちの手足や耳目となって、名も功績も残らぬ使命を請け負ってくれていた。

「着いた。彼女はここにいるよ」

そうして私と少年Kは、《黒服》から情報提供のあった画廊を訪れていた。そこは結局、少年と街を歩いている時に見かけた駄菓子屋さんのすぐ近く、入り組んだ路地裏に建つビルの二階だった。とは言え偶然では辿《たど》り着《つ》けないこの場所。

少年K曰《いわ》く、ダニー・ブライアントは「たまたま近所で会った画商の女からその絵を買った」というようなことを言っていたらしいけれど、少し怪しくなってきた。

「にしても、なんでここなんだ？」

事情を把握していない少年Kは、画廊に足を踏み入れる前に訝《いぶか》しげに私を見つめる。

「なんでもここのオーナーに脱税疑惑があるらしくてね。ダニー・ブライアントに違法に絵画を売りつけたという画商と重なる部分があると思って」

私は《黒服》という存在は隠しつつそう仮説を告げる。

ちなみに風靡《ふうび》も当然その情報は掴《つか》んでいるものの、警察としては明確な証拠がなければ動けない。あくまでも私は非合法にカチコミに行くわけだ。

「怪人二十面相は税務署職員にも変身できたのか？　まあ、調べてみる価値はありそうだが」

やろうと思えばね。今回は《黒服》にお願いしたけれど。

「詳しいことは全部、この中で話すから」

それから私たちは一度アイコンタクトを取り、画廊の扉を開いた。

ライトの照る明るい部屋。額縁に入った絵画が白い壁に並ぶアートギャラリーに、私たち二人は足を踏み入れる。

「あっ、いらっしゃいませ」

すると、部屋の奥から一人の白人女性が出てきて私たちに気付いた。

三十代の前半ぐらいだろうか、美しくもどこか人懐っこさのある笑顔で「あと少しで閉めちゃうところでした」と私たちに話しかける。そんな彼女こそこの画廊のオーナーにして、ダニー・ブライアントに例の絵画を売ったと思われるクローネという女だった。

「そうでしたか、どうしても今日ここに来たかったので助かりました」

と、私は白々しくも言う。人がいない時間帯の方が話も進むだろうと思ってだいぶ少年Kと油を売ってきたけれど、時間調整は上手《うま》くいったようだった。今この画廊には私たち以外誰もいない。それを確認した上で私は、彼女にこう切り出した。

「お宅が取り扱っている贋作について少し話を伺いたくて」

その瞬間、さっきまで柔和な笑みを浮かべていた画商の女――クローネの顔が明らかに引きつった。そして足早に出入り口へ向かうと、closed の看板を掛けて戻ってくる。

「そんなあからさまなリアクションをされてしまうと、もう私が訊《き》きたいことはなくなってしまうんだけれど」

無論、最初からある程度の確信は持ってここに来ていたんだけど。

「……あなた、何者？　警察、じゃないわよね」

クローネは険しい顔つきで私の爪先から頭のてっぺんまで視線を上下させる。

少なくとも今は警察ではないね。

「実は私たちの身内が、あなたに贋作《がんさく》を掴《つか》まされてしまったみたいでね。これ、あなたのギャラリーで扱っていたもので間違いない？」

私はそう言ってスマートフォンに保存してある、ダニー・ブライアントが蒐集《しゅうしゅう》していた油絵の画像を女に見せた。

「……知らないわ」

知らないと言い張る人間の表情ではないけれど、今はまあいいとしよう。

「やっぱりダニーが買わされてたのは偽物の絵画か」

するとき少年Kは呆《あき》れたように肩を竦《すく》めながら「まあ、あいつはそれでも後悔しないだろうが」と力なく笑う。

「でも、月華《げっか》はなぜあの絵が偽物だと分かった？　あんたは、本当は……」

そう、私は骨董品《こっとうひん》店のオーナーを自称したことはあったけれど、実際のところ骨董品や美術品の真贋《しんがん》を見極められるほどの目を持っているわけではない。それでも。

「簡単な話だよ。あの絵がもしも本物だとしたら到底、一般人が買える額じゃない」

ダニー・ブライアントが所蔵していた油絵はどれも、本物であれば市場価格にして数千万円レベルのものばかり。私は絵そのものを鑑定することはできないけれど、それでも美術品の価値だけは知識として頭に入っていた。

「……そうか。じゃあ、ましてや万年金欠だったあのおっさんがふらっと買える代物じゃなかったわけだ」

少年Kはやはり苦く笑いながら頷《うなず》いた。

「だとすると、ここに並んでる絵も全部そうなのか？」

あまり美術品に対する知識はないらしい少年は、ぐるりと画廊を見渡す。壁一面に飾られたこれらの絵もまた贋作なのかと。

「いや、たぶん違うよ」

私も専門分野ではないため、なかなか断言することは難しい。それでも私はある程度値段のつくような絵については、その画家のプロフィールと共に情報として覚えている。けれどここにある絵はそんなデータベースとただの一つも一致しない。

この画廊にある絵はすべて、まだ世に出ていない画家によって描かれたオリジナルのはず。有名でもない作品の贋作《がんさく》を作るメリットは存在しないだろう。

「にしては、結構な値段だよな……」

少年は、絵の下の値札を見て眉を顰《ひそ》める。気持ちは分からないでもないけれど結構デリカシーがないね。

「良いものに良い値をつけるのは当然よ」

すると、バツが悪そうに押し黙っていたクローネがようやく口を開いた。話をしないことには私たちにここを動く気はないと分かったのだろう。

「当然、売れるかどうかは別の話だけれど」

そう零《こぼ》す彼女は同時に口元に自嘲を浮かべる。決して世間では名の知られていない画家の絵を、それでも高値で売る理由があるとすれば、それは。

「あなたは、お金が目的じゃないんだ」

私がそう言うと、クローネはぴくりと一瞬身体《からだ》を硬直させた。

そう、彼女自身もさっき言っていた。良いものに良い値をつけるのは当然、と。

すなわち彼女の目的は。

「売ることではなく、買うこと。それがあなたにとっての仕事」

そうでしょ、と私が訊《き》くと、やや間を置いて。

「絵なんてね、所詮ビジネスなのよ」

クローネはどこか諦めたようにも見える表情でため息をつく。

「その絵に込められた技術なんて関係ない。自称専門家たちが日々、新たなスターを作為的に創出するだけの美術品ビジネス。この絵は優れていることにしようって、そう決められる人がいるの。そこに本物なんてない」

なるほど、それは洋服なんかの流行も似たようなものだろう。売れているものが流行になるのではない。売るために流行《はや》らせるのだ。これが今年のトレンドだと、そう決めてしまう人物の一声によって。

でもそれでいいのか、とクローネは世に問う。

「ワタシは画家の名ではなく、その技術を買う。芸術にも、本物を求めたいから」

そう言いながら彼女は、ギャラリーに飾られた今は名もなき画家らの絵を眺める。

まだ専門家たちに見出《みいだ》されていないがゆえに市場で輝けない、それでも確かな技術を持つ画家らの絵を、クローネは高値で買い付けているのだ。

「そんな志があって、じゃあなぜ贋作《がんさく》なんかを取り扱ってたんだ?」

すると少年は、一見すると矛盾するようなその振る舞いに疑問を呈した。

それに対してクローネは「それもワタシの理想ゆえよ」と答える。

「あなたたちが見せたあの絵、確かにあれはレプリカだった。でも、十年以上もこの仕事をしている私でさえ、最初それがレプリカだとは分からなかった」

クローネはそう言って、最終的にダニー・ブライアントの手に渡ったあの絵の特異性を語る。

「ワタシは知識としてあの絵が日本にあるはずがないことを知っていた。だからこそそれがレプリカであると判別できただけで、絵を鑑定してその判断を下せたわけではない」

それは私と同じような判別の仕方だった。けれど私と違って美術品に対して深い造詣があるはずのクローネですら、あの絵が偽物であると即座に判断ができなかった。それほどまでにあれは、完成された贋作だった。

「だから私は絵そのものじゃない、あのパーフェクトな模倣を可能にした画家の技術に値段をつけたの」

「じゃあ、まさかダニーも同じ理由で、あんたからその絵を買い取ったのか?」

「いいえ、むしろ彼に頼まれたのよ」

そしてクローネは、ようやく私たちが知りたかった情報を口にする。

「見たこともないような特別な技術で絵を描く人間を知っている。だからその人物のところに行って、絵を買い付けてきてくれないかってね」

どうやら、ダニー・ブライアントがたまたまクローネに出会ってあの絵を買ったという話は嘘《うそ》だったらしい。

そもそも二人はビジネス上の知り合いだった？　ではなぜその情報を彼は少年にも黙っていたのだろうか。

「そんなにその絵が欲しかったなら、自分で行けばいい気もするが……なぜダニーはあんたに頼むような回りくどい真似《まね》を？」

少年も不可解に思ったのか、クローネにそう尋ねる。

「……さあ。私もあの人とはビジネス上の付き合いしかなかったし、本当のところなにを考えているのか他人に悟らせることも決してなかった」

するとクローネは、白い壁の唯一絵の飾られていないエリアを見つめながら言う。

「きっと彼には大きな目的があったんだろうとは思う。……でも、こんなことを言っては怒られそうだけれど、あの人のどこか遠くを見つめる瞳は、なんだか少し怖《こわ》かったわ」

昔から、幾つもの顔を持っていたダニー・ブライアント。

元《連邦政府》のスパイにして組織の裏切り者。

私立探偵にして、なんでも屋の謎多き流浪人。

児童養護施設から引き取った少年Kの親代わり。

一体本当の姿はどれで、なにが目的だったのか。彼に会うことができれば、その答えは明らかになるのだろうか。

「それにしても、まさか彼にあなたみたいな存在がいるとはね」

それからクローネは振り返って少年Kをじっと見つめると、ふっと笑って。

「さて、それで？　あなたたちがここへ来た目的は達成された？　違法に贋作《がんさく》を取り引きしたのは事実だから、通報すると言われたら私は従うしかないけれど」

クローネはジョークっぽく手を差し出し、お縄につく真似《まね》をする。

「いいえ、それは私の仕事じゃないから。それより最後に一つ、訊《き》きたいことがあるの」

そして私は一番知りたかった答えをクローネに求めた。

「あの贋作を描いた人物の居場所を教えてくれない？」

画廊を後にした私と少年Kはそれから、その足で駅へと向かった。

目指す先は北陸地方。なんでもその地に、例の贋作を描いた画家がいるらしい。クローネにその人物が住んでいるという家の住所も聞き、これで目標がまた少し近づいた。

なぜダニー・ブライアントは、その贋作を描く画家のことを気に掛けていたのか。そしてその絵を少年Kに託して行方を晦《くら》ませた意図はなんだったのか。それを解明すべく私は少年Kと二人、新幹線の最終便に乗って北陸へ向かった。

そうして目的の駅に着いた時にはすでに日付も変わろうかという時間で、私たちは駅直結のビジネスホテルに一泊し、休むことにした。画家に会いに行くのは明日の朝に持ち越しとし、早速ホテルでチェックインを済ませ、部屋に荷物を置く。

「うん、洗い立ての枕に布団。幸せだ」

私はふかふかのベッドにうつ伏せで身体《からだ》を沈ませた。

柔らかい布団で寝られるというのは、それだけで幸福に思える。本格的に世界の敵との戦いが始まれば、こんな贅沢《ぜいたく》もできなくなるだろう。今の内にこの当たり前の幸せをたくさん抱き締めておこうと思った。

「ほら、少年も。ベッドで飛び跳ねなくていいの？」

「子どもかよ」

「子どもでしょ」

少なくとも君は、と言うと少年は、可愛《かわい》くふて腐れた顔で隣のベッドに腰掛けた。

「外泊には慣れているし、この土地に来たのも初めてじゃないからな」

だからそんなことでテンションは上がらない、と少年は素気《すげ》なく言う。

「へえ、前はいつ来たの？　修学旅行？　一人でも楽しめた？」

「来たのは一年前だが修学旅行ではないし、勝手な推測で勝手に哀れむな」

「良かったね、今回は美人のお姉さんと二人で来られて」

「性格が酷《ひど》いからプラマイゼロだ」

「性格の難点を差し引いてもとんとんになるぐらい私は美人だと」

「斬新なポジティブシンキングはやめろ」

そもそもその顔も特殊メイクみたいなもんだろ、と少年は私をじとっと見つめてくる。

まったく、素顔を見せられないのが残念で仕方ない。変装の一種ということにして、どこかのタイミングで素顔を曝《さら》して反応を見てみようか。

「というか、なんで部屋が一緒なんだよ」

すると少年はふっと視線を外しながら今さらそんな文句を口にする。

「一部屋しか空いてなかったんだから仕方ないよ。あ、これも少年の変な体質のせい？

実は少年自身がこういうお泊まりイベントを引き起こしていると」

「引き起こしてるんじゃない、巻き込まれてるんだ」

あんたにな、と少年は今度こそ私の目を見て言った。

「今日の所は夜通しトランプでもして遊ぼうか」

「断る。俺は一人で先に寝させてもらうからな」

「それはミステリにおける死亡フラグだよ。でも大丈夫、探偵さんが守ってあげよう」

「今度は探偵に変装する気か……変わった怪人だな」

少年は呆《あき》れたように、けれど確かに笑った。

出会った時に見た、あのすべてを諦めたような、悟った表情。

私はあの時、その顔をなぜか美しいと感じた。でも今こうして笑った彼の顔を見て、こっちの方がいいなと思った。理由なんて、ないけれど。

「外も寒かったし、お風呂で温まりたいね。お姉さんと一緒に入ろうか」

「…………断る。そうするだけの正当な理由がない」

「水道代の節約とか」

「ホテルで水道代の節約を考えるな」

「さっき断る時、少し間があったね」

「一度泳がせるな！」

少年は「はあ」とため息をつき肩を落とす。

けれど、それから。

「少し、真面目な話をしていいか？」

顔を上げて私を見つめてくる。

どうやら、おふざけの時間は一旦終了らしい。私はアイコンタクトで続きを促す。

「月華《げっか》、お前は何者なんだ」

少年Kは、怪人二十面相である私の素顔へと距離を詰める。

「あの男は……ダニーは、答えてくれなかった。いつもなにを考えているのか、なんの仕事をしているのか、本当は何者なのか」

「それを代わりに私に訊《き》くの？」

少年は「変な話だよな」と断りつつ「でも」と続ける。

「なんとなく、あんたら二人が似ているような気がしたから」

それは予想外の台詞《せりふ》だった。

私も実際に会ったことはない、ダニー・ブライアントという男。元《連邦政府》の雇われ、なんでも屋、少年Kの親代わり、そして裏切り者のスパイ——そんな様々な肩書きでしか私は彼のことを知らない。少年Kは、ダニー・ブライアントの一体どこに私の影を見たのだろうか。

「それで、少年は私のなにを知りたいの？」

たとえば《名探偵》という本当の姿を明かすことは、《連邦憲章》の規定で許されない。それでも、このまま肝心なことをなにも話さないというのは少年からの信頼を欠くことに繋《つな》がるかもしれない。そう思って私は少しだけ扉を開くことにした。

するると少年Kは早速、質問を口にする。

「月華《げっか》はなぜダニー・ブライアントの情報を集めようとしている？　それはあんたの意思か、それとも誰かの指示か？」

なるほど、やはりそれは少年にとって気になることらしい。今までは利害の一致もあって詳《つまび》らかにしてこなかった部分だったけれど、これからさらに共に行動していくに当たってその擦り合わせは必要だと彼は考え直したのだろう。

「最初あんたは、ダニーにある窃盗容疑が掛かっていると言っていた。だがその程度の軽犯罪を暴くためにしては、月華の行動はスケールがでかすぎる」

少年の鋭い視線が私に向いた。

いつまでも誤魔化《ごまか》しきれるものではないことは分かっていた。ここ最近の私の行動を見れば、そこに不審や疑問を抱くのも致し方ない。私は少年の信頼を取り戻すべく、あくまでも話せる範囲で自分に課せられた仕事を口にする。

「少年のその二つの質問に対する答えは、一つだよ——私はある指令を受けて、ダニー・ブライアントの調査を行っている」

「月華自身がダニーに用があるわけではないと？」

私はそれに頷《うなず》いた。

ただ正直言えば、この件に私自身の興味がまるでないわけではない。ダニー・ブライアントがなぜアイスドールに過剰なまでに目をつけられていたのかは疑問だし、また少年Kが彼にまつわるなにかを隠そうとしていることも気にはなっている。ただそれらはあくまでも、命令《いらい》されたことによって副次的に生じた興味に過ぎない。

「月華《げっか》にその仕事を命じているのは誰だ？」

「それは言えないし、恐らく言っても今の君には理解できない」

大人の事情でね、と言うと少年は面白くなさそうに横を向いた。そして。

「じゃあ、そいつらは俺やダニーにとって敵か？　それとも味方か？」

──ああ、それかと思った。少年Kが最も知りたいことは、きっとそれだ。

ダニー・ブライアントに訪れる危機に敏感になっている、あるいは、敵の存在を感知しその正体を見極めようとしているのだろう。そんな少年に対して、私が今言えること、できることは。

「一つだけ、約束をするよ」

私がそう言うと、少年は視線を戻した。

「私が間に立つ限り、君たちに単純な敵対はさせない。互いの最大公約数的な利益を保証できるように努める」

「……交渉人ってところか？」

「肩書きはなんでもいいけどね」

でも、たった一つ確かなことは。

「少年が協力をしてくれる限り私はそれに報いるし、少年が助けを求めてくれたら私はそれにいつでも応えよう」

そうして初めて対等だ、と。そう言って私が握手を求めると、少年は一度その手をじっと見て、それから意を決したように握り返した。

「どっちかというと俺が守られる比重が大きすぎる気もするが」

「それは私の方がお姉さんだから、多少はね？」

今、改めてここに私たちの協定は締結された。

「じゃあ私はお風呂に入ってくるけど、少年は……」

「明日も早いし寝る」

可愛《かわい》くないなあ。

◇五月二日　君塚君彦《きみづかきみひこ》

ちょうど日付が変わった頃。ホテルのベッドでうつらうつらとしていた俺の枕元で、スマートフォンが着信を知らせた。

発信元は——ダニー・ブライアント。

俺は小さく息をのみながら部屋の窓際まで歩き、通話ボタンをタップした。

『よお。お前、こっちに来てるだろ？』

そうして電話口から聞こえてきた声は、怒っているというよりはどこか呆《あき》れたようだった。俺が答えに窮していると、やがて大きめのため息が聞こえてくる。

『今、近くに誰もいないな？　一人だな？』

ダニーに訊《き》かれ、俺は改めて周囲を確認する。

「ああ。生まれてこの方、今に至ってもなお俺は一人きりだ」

『はは、いい返しだ』

六十点だな、とダニーは笑う。なかなか手厳しいな。

『――それで？　なぜお前までここに来た？』

ところが一転、ダニーの声のトーンが一段階低くなる。やはり怒りの感情がまったくないわけでもないらしい。

『おれは確かに、お前に留守番だと言い渡したはずだが？』

三日前の夜、ダニーに言われたことを思い出す。ある厄介な仕事をするためにしばらく家を空けるのだと、この男は口にしていた。

俺は言われた通りその翌日はいつも通りに過ごし……だがそれから少し考えを変え、俺もダニーがいると思われる地へ足を踏み入れていた。

『ったく、素直に言うことを聞かねえガキだ』

言いつけを守らなかった俺に対して、電話口の向こうでダニーが閉口しているのが目に浮かぶようだった。

「ここに来たのはあくまでも偶然だ。無性に富山《とやま》ブラックが食べたくなってな」

『そうか、戸棚にインスタント麺が山ほどある。今すぐ帰ってお湯を沸かすといい。二分半がおすすめの麺の固さだ』

なるほど。多少、腹を割って話さなければ相手にする気はないらしい。

「警察や探偵をも騙《だま》せる詐欺師になれと言ったのはあんただ」

俺がそう言うと、小さく息をのむ音が聞こえた気がした。

『おれは警察じゃねえぞ』

「物の喩《たと》えだ。あんたが何者だろうと別に構わない——ただ」

しかし、その後の言葉が上手《うま》く出てこなかった。

代わりに俺はそう言葉を繋《つな》いだ。

「今、どこにいるんだ?」

恐らく近くにいることは分かっている。だがダニーは今、具体的にどこにいるのか。それに。

「あんたの言う厄介な仕事とはなんだ? 最近、誰かに追われている事となにか関係があるのか?」

黙ったままのダニーに対して俺は矢継ぎ早に尋ねた。

すると、しばらくの沈黙の後に。

『なぜ今さらそんなことを訊く?』

あくまでも落ち着いた口調でダニーは俺にそう問い返す。

『今までおれたちはそんな真面目な話はしてこなかった。干渉もしてこなかった。それがルールだった』

なぜそれを破るのか、と。ダニー・ブライアントは俺の心変わりの理由を問いただす。

だがその理由なら今、彼自身が言った通りだった。

「あんたはいつもフラフラしていて、普段なにをしているか分からなくて、仕事でどこかへ出かける時にも俺にわざわざそれを言わなかった。なのにこの前に限ってあんたは、次は厄介な仕事になると……しばらく戻らないとも言った。それはなぜだ？」

それは俺の当てにならない、ただの直感かもしれない。

でもあの時のダニーは、まるでなにかを覚悟してるような、そんな気がしたのだ。

「もう一度訊《き》く。ダニー・ブライアント、あんたは今どこにいる？」

すぐに俺も合流する、と言い添えた。

『お前になにができる？』

「さあ、なにもできないかもな」

『じゃあなにをしに来る』

ダニーはどこか苛《いら》ついたようにため息を零《こぼ》す。

俺は少し考えて、こう答えた。

「俺はただ、俺をこういう性格にしたあんたの身に、今なにが起きているかを知りたいだけだ」

そしてその結末を見届けたい。それだけだった。

すると、数十秒の沈黙の後。

『……合流は二十時間後だ』

場所は追って連絡する、とダニーは根負けしたように付け加えた。

『お前、会った時より面倒くさくなったな』

そして再び、呆《あき》れたように苦笑する。

「それは褒められてると受け取って良いのか？」

『国語の勉強をしろ、小説を読め、登場人物の心情に傍線を引くんだ』

「語り手が信頼できない時はどうすればいい？　主人公が詐欺師かもしれないんだ」

『はは、行間を読むしかあるめえよ。コミュニケーション能力を磨いて、人の心情を読む訓練をすることだな』

なるほど、それはこれまで一人で生きてきた俺にとっては最難関なハードルに思えた。

『もしそれができないなら、証拠を集めろ』

「証拠？　発言の裏を取れと？」

『ああ、そうだ。そいつがなにを考えているか分からないのなら、まずは観察しろ。見て、聞いて、話して、情報を集めるんだ。無論そいつが嘘《うそ》をつくこともあるだろう、人間なら当然だ。だからすべてを鵜呑《うの》みにするんじゃない。客観的な証言を、証拠を、事実だけを見極めろ』

ダニーの言葉は徐々に熱を帯びていく。

『いつだって大事なのは分析だ、論理だ、思考だ。そいつがなにを成したか考えろ。それが本当はなにを意味するのか考えろ。言葉だけに囚《とら》われるな、騙《だま》されるな。人の心が分からないなら、その目に確かに映るものを信用しろ。お前が信じるべきは——現実だ』

そうやって人間を理解していけ、とダニーは締めくくった。

「そうしていれば、いつかは分かるものなのか?」

きっと俺はまだ、ダニーの今の話を半分も理解できていない。

それでもいつか将来のためにそう訊《き》いた。

『ああ、おれはそう思っている』

ダニーは鷹揚《おうよう》と自分の理論に自信を覗《のぞ》かせる。が、しかし。

『だがもしも——いつか本当にどうしようもないことが起きたなら。恐らくその時には、お前の前にもっといい答えをくれる人間が現れるだろうさ』

「やっぱり最後は人任せかよ」

俺は思わず苦笑する。

『はは、まあ気にするな。今は脳の片隅にでも仕舞《しま》っておけ』

ダニーの口調が、珍しく柔らかな雰囲気に変わる。そして。

『安心しろ。お前は必要に駆られた時に、出会うべき人間に出会い続ける。これからもずっとな』

ダニーはまるで俺の厄介なこの体質に新たな意味を付与するようにして、また連絡すると言い残し電話を切った。

◆五月二日　シエスタ

翌日。早朝にホテルを出た私たちは、画商の女——クローネから聞いた、例の贋作《がんさく》を描いたという画家の住む地へ向かった。

電車とバスを乗り継ぐこと二時間強。都市部から離れたその地で目的の住所まで歩いていると、やがて草原の向こうに白い教会のような建物が見えてきた。探していた画家がいるのはどうやらあの施設らしい。

「児童養護施設だな」

斜め後ろを歩いていた少年Kが呟《つぶや》いた。

「子どもたちの声が聞こえる。が、普通の学校っていう雰囲気でもない」

彼はダニー・ブライアントに拾われる前、そういった施設を渡り歩いていたと聞く。ゆえにすぐにその可能性に思い至ったのだろう。その経歴は私と似ている部分があった。私もかつて同世代の子と一緒に施設にいた。そこでの生活で、私は——

「月華《げっか》、どうした？」

——気付けば、少年が不思議そうに私の顔を隣で見つめていた。

「体調でも悪いのか？　食べ過ぎか？」

どうやらなにか私の不調を感じ取ったらしい。心配しつつも真っ先に疑うのが食べ過ぎというのが腑《ふ》に落ちないけれど。

「顔色の変化を感じ取られるような、やわな変装をしてるつもりはないんだけどな」

「歩くペースがほんの少し遅くなっただろ。だから食い過ぎで身体《からだ》が重くなったのかと」

あるいは、とゆっくり歩きながら少年はこう続ける。

「なにか、あの建物に辿《たど》り着《つ》きたくない理由でもできたのか？」

そんなはずはない、そう思う。だけど、私はなにか忘れているのだろうか。子どもたちを保護するはずの施設に、私は恐怖を感じている？　——一体、なぜ。

「行こう」

分からない。分からないなら、進むしかない。

自分の人生に秘められた謎は、自分の手で解き明かす。

「だからきっと私は、探偵になったんだ」

誰にも聞こえない声でそう呟《つぶや》いた。

それから白い建物に辿り着いた私たちは、庭先にいた車椅子の男性に声を掛けた。

「すみません、ちょっとよろしいですか」

花に水をあげていたらしい彼は、私たちの声掛けにゆっくりと車椅子ごと振り返る。

欧州出身と思われる顔立ち。歳《とし》は七十代ぐらいだろうか。だが白い髪の毛はしっかりとセットされ、凛々《りり》しい顔立ちも相まって気品に溢《あふ》れている。あり得ないことだが、今にも車椅子から立ち上がってぴんと背筋を伸ばしそうな、そんな雰囲気さえ感じられた。

「私たちは――」

「いつか来るのではないかと思っていました」

思わず私と少年Kは目を見合わせた。

しかし少年は首を振る。彼も知り合いというわけではないらしい。

それでもまず私と少年はそれぞれ自分の名を名乗ると、老年の男性はジキルという名を口にした。それから柔らかく微笑《ほほえ》むと「さあ、中へ」と車椅子を自分で動かし、段差のない玄関へ向かう。私たちがここへ来た目的は知っていると言わんばかりだった。

「罠《わな》の可能性は？」

少年が小声で訊《き》いてくる。

「フィフティフィフティかな」

「なるほど、じゃあどうする?」

「無傷で成果を得られる可能性が50%、傷を負いながらも成果を得られる可能性が50%」

「……進むことは決まってるんだな」

そういうこと。話の分かる子はとても好きだよ。

そして私たちは車椅子の老人に連れられ長い廊下を歩き、やがて大きな広間のような部屋に着いた。そこには十人ほどの子どもがいて、みな思い思いに絵を描いたり、パズルを組み立てたりして遊んでいるようだった。

「月華《げっか》、あれは」

少年Kが壁の上部を指差す。そこには風景や身近なものを描いた水彩画や油絵などが飾られており、どれもタッチがまるで違う。けれどその画法のバラバラさこそが、今私たちが探している人物を思い起こさせた。

「グレーテの絵にご興味がおありで?」

すると老人ジキルは、遥《はる》かに年下である私たちに対しても丁寧な言葉遣いでそう応じてきた。グレーテとは、私たちの探していた画家の名だった。

「グレーテとは、この施設で暮らす子どもですか?」

「いかにも。ある事情で親に見捨てられた彼女は、まだ幼い頃にここに来ました」

ある事情――親が子を手放すと言えば、金銭的な事情か、望まぬ妊娠をしてしまったか、幾つか理由は考えられる。いずれにせよグレーテという少女は、本来無条件で愛されるはずだった親から捨てられてここへ来たらしい。

「すごく、上手ですね」

私の口をついて出たのはそんなありふれた褒め言葉。でも事実、彼女の生まれた家庭や環境なんてどうでもいいと思えるほどに、グレーテの画は美しかった。

「しかしあれはグレーテ曰《いわ》く、まだ練習中のオリジナルの絵だそうです」

ジキルは目を細めながら、壁に飾られた幾つかの風景画を眺める。そして。

「彼女が持つ技術が最も生かされるのは、完璧なまでに精緻なコピー。どんな目利きの美術商だろうと、グレーテの描いた絵を偽物だとは思わないでしょう」

それはまさに私たちが見てきたことそのままだった。

さらにジキルはこう続ける。

「グレーテは、ころころ変化する人の顔などをキャンバスに描くことは苦手なようです。ただその代わり、時間が経《た》っても変化しないお手本の絵をそっくりそのまま再現することができる。それがグレーテの特技です」

「……そこまでになると特殊能力レベルだな」

ジキルの語りに対して、少年Kは半信半疑といった感じで相槌《あいづち》を打った。すると。

「ええ、彼らの中にはそういった特別な才能や技術を持っている子が多いのです。たとえば、ギフテッドという言葉を聞いたことはありませんか？　先天的に高い知性や芸術性、創造性を身につけた子どもたちのことです」

ジキルは車椅子に座ったまま、広間で遊ぶ子どもたちを見つめる。

「この『太陽の家』はそんな子どもたちを保護、育成する役目を担っており、私はおこがましくも、そんな施設の代表を務めさせてもらっているのです」

本来は隠居したただの老兵ですが、とジキルは自嘲する。

「特別な才能と言っても、掌《てのひら》から炎が出るだとか、瞬間移動ができるとか、そういう類いのものではないんでしょう？」

私がそう訊《き》くと、ジキルは静かに頷《うなず》いた。

「いかにも、あくまでも常識の範囲内です。複数の言語を短時間で理解し操ったり、目で見た光景を正確に一瞬で記憶したり。あるいは、人の心理を読むことに長《た》けているだとか、自発的に明晰夢《めいせきむ》が見られるだとか、そういう子もいるようですが」

「十分、非常識じゃないか？」

少年Kが鋭く突っ込む。

するとジキルはやはり微笑を浮かべ、こう解説を施す。

「いえ、どれも現実ですよ。人の心が読めることは心理学で説明のつくものであり、明晰夢に関しても科学的に実証されつつあります」

「じゃあ、グレーテは？」

今度は私がジキルに尋ねる。

彼女は一体どうやって、専門家の目すら欺く完璧な贋作《がんさく》を作り上げているのか。

「彼女には常人ならざる空間認識能力が備わっています。そこに卓越した絵の才能も加わり、絵画の完全再現を可能にしているのでしょう」

グレーテは事物を精緻な図として捉えているのです、とジキルは解説する。

私は改めてこの広間と、そこにいる子どもたちを見渡す。下は三歳から上は十二、三歳ぐらい。彼らの多くは皆なにか特別な才能《ちから》を持っていて、そんな少年少女を保護するための施設がここだということらしい。

常人には俄《にわか》には信じられないだろうし、これまであらゆる事件に巻き込まれてきた少年Kですら首を捻《ひね》るのも無理はない。でも、私はこの施設にいる子どもたちと同じ……いやそれ以上の存在を知っている。それはたとえば、《世界の危機》にまつわる事象を予知する少女。そして、そんな彼女もかつてある組織に監禁されていたことがあった。もしかするとこの施設にも、他になにか秘密があるのだろうか。

「グレーテに、会わせてもらうことはできる？」

画商の女クローネによれば、かつて、ダニー・ブライアントにその特殊な才能を見出《みいだ》されていたというグレーテ。ダニーとは一体どういう繋《つな》がりがあったのか。もしかするとグレーテしか知り得ないダニーの情報があるかもしれない。そう思って、私は――

「――ジキル！　これ見て！」

その時、一人の快活な声が割って入った。

振り向くと、白いワンピースを着た赤毛の少女が、踊るようにこちらへやって来るところだった。歳《とし》は十一、二歳ぐらいだろうか。そんな彼女は私や少年Kの存在に気付き、

「あれ、お客さん……？」と少し恥ずかしげにゆっくりと近づく。

「新しい絵が描けましたか？」

するとジキルがそんなグレーテに柔らかく微笑《ほほえ》みかける。

「うんっ、今日はナタリーのお顔を描いたの！」

グレーテは嬉《うれ》しそうに、恐らくはこの施設で暮らす友人の絵をジキルに見せる。キャンバスには、模写ではないオリジナルの少女の笑顔が描かれていた。

「今なら、ダニーのことも描けるかな」

少しはにかみながらグレーテはそう呟《つぶや》いた。

やはり彼女は、ダニー・ブライアントのことを知っている。

「ダニーとは、どういう関係だったんだ？」

そう訊《き》いたのは少年Kだった。

グレーテは一瞬だけ驚いたような顔をして、しかし私たちもまたダニーの知り合いであることを悟ると、「えっと……」と口ごもりながらキャンバスで口元を隠す。どうやら恥ずかしがり屋な性格らしい。

「ダニー・ブライアントこそが、グレーテに絵の技術を磨かせていた張本人ですよ」

代わって説明を買って出たのは、やはりジキルだった。

「彼は以前より、グレーテのような特殊な事情を抱える子どもを保護する活動をしていました。そして普通の世界で生きていくには少し困難を抱える彼女らが、いつかこの太陽の家を出た後に一人でも生きていける術《すべ》を、彼は授けていたのです」

――なるほど、お金を稼ぐ術。それですべてが繋がった。グレーテが持つ完璧な贋作《がんさく》を作り出す技術は、彼女が今後一人で生きていくための手段になると教えるために、ダニー・ブライアントはグレーテの絵を買い取っていたのだろう。それも身内の贔屓目《ひいきめ》だと思わせないために、本物の画商であるクローネを間に挟みながら。

「ダニー、いつ帰って来るんだろ」

グレーテは淋《さび》しげに視線を落としながら「お仕事、忙しいのかな」と、帰りの遅い彼を待つ。アイスドールや風靡《ふうび》の話によれば、ダニー・ブライアントが行方を晦《くら》ませたのは一年前。その後彼は、この太陽の家にも姿を現していないのだろうか。

「さあ、どうでしょうか」

しかし、と。ジキルが私たちを……いや、少年Kを見つめる。

「もしかすると、彼なら知っているかもしれません」

そうして私たちの視線が一挙に集まった。

「ダニーが今なにをしているか、知ってるの？」

グレーテが恐る恐る、人見知りを乗り越えて少年Kに訊《き》く。

私が「少年」と呼ぶと、彼は少しだけこちらに視線を向けた。

「そろそろ、私にも本当のことを聞かせてもらえる？」

それはきっと、少年Kがこれまでひた隠しにしていたブラックボックス。

私も薄々気付いていながら、それでも明かされる時が来るまで待ち続けていた、彼が抱える大きな秘密だった。

「少年は、ダニー・ブライアントが今どこにいるのか、本当は知っているんじゃない？」

確証はない。でもこの数日、彼と共に行動をしていて、彼の行動原理を考えて、十分に推察される仮説だった。

私とジキルと、そしてグレーテ。三人の視線を集めながら、やがて少年Kは顔色を変えることなく、ただ一度だけ浅く息を吸ってこう告げた。

「ああ。ダニー・ブライアントは――一年前に死んでいる」

◇五月二日　君塚君彦《きみづかきみひこ》

「ダニー、今どこにいる！」

ようやく繋《つな》がった電話口に向かって俺は叫んだ。

夜も遅い時間。自分以外、外に人影はなかった。

『……よお、焦ってるなあ』

電話の向こうのダニーはいつも通り飄々《ひょうひょう》とした口調で、しかしどこか息が荒い気もする。

午前零時すぎにも電話で話した俺たちは、今晩合流する手筈《てはず》になっていた。だがいくら待ってもダニーが待ち合わせ場所に現れることはなく、何度も電話を掛け続け、ようやく今繋がったばかりだった。

「っ、なにをしている……！　どうして来なかった！」

『はは、忠告したはずだ。詐欺師に騙《だま》されちゃならねえよ、探偵』

……誰が探偵だ。俺は心の中で毒づき、スマートフォンを握りしめる。

電話口からは、時折うめき声のような音が聞こえる。怪我《けが》をしているのか。

「すぐ行く。ダニー、今どこにいる」

俺は再度そう尋ねながら、当初待ち合わせ場所に指定されていた海岸をひた走る。景色の変わらない黒い海が延々と視界に入り続けていた。

『……一つ、お前に教えておくことがある』

「っ、あんたが教えるべきは今いる場所だけだ」

『人生ってのは、どうしてこうも上手《うま》くいかないんだと、残酷なんだと、絶望する日が必ず来る』

しかしダニーは俺の問いかけには応じず、切々と語る。

『それまでの日々、どれだけ幸せだったかは問題じゃないんだ。今日の占いが一位だったとか、さっきまで愛した家族のためにケーキを選んでいたはずなのに、なんて関係ない。不幸の悪魔はいつだって空気を読んでくれないのさ』

「……あんたが結婚してたとは知らなかったな」

『はは、訊《き》かれなかったからな』

どうせ訊いても答えなかっただろ、あんたは。

『っ、幸せなぬるま湯のあとの絶望ってのは、応えるよなあ』

ダニーの声が震える。それは精神的なものではなく、恐らく身体的になにか不調が生じているせいだ。だがそれでもダニーは喋《しゃべ》ることをやめない。

『人生とはこうもままならねえのかと、怒りとか悲しみとか、そんな分かりやすい感情は起こりもしない。あるのはただ、そう、やり場のない虚《むな》しさだけだ』

そして俺も足を止めることなく走り続けた結果、段々と胸が痛くなってきた。まだ足は動く、手も振れる、ただ心肺機能が追いつかず何度も噎《む》せ返《かえ》る。

『でも人間ってのは不思議なもんだよなあ。夜になれば眠くなるし、朝起きれば腹が鳴ってる。なんだ、絶望してたのはフリだけかってな。ああ、この身体《からだ》はまだ生きようとしてんのかって。いやあ、つくづく生存本能ってのは厄介だと思わされる』

だけどな、とダニーは続ける。

『いみじくもそれが人間だ。どれだけままならない現実でも、生きていかなくちゃならねえ』

ダニーはそう自分に対して、あるいは世界に対して感情を吐き捨てる。

しかし次の瞬間にはいつもの不敵な笑みを取り戻す。

『だがたとえ一つの生き方が失われても、また新たな生き方を選ぶことはできる。いや、そうやって生きていかなくちゃならねえんだ、おれたちは』

分かるよな、と。

まるで子に教え諭すようにダニーは言った。

「……分かんねえよ、そんなこと」

息が続かず、砂に足を取られ、遂《つい》に俺はその場にくずおれた。

『はは、まあ今すぐにとは言わねえよ。だが、この前もおれは言ったはずだ。いつかお前には――』

その時、電話の向こうで誰かの声が聞こえた。

女が一人と、それからダニー以外の男の声も。

誰だ、今ダニーは誰と一緒にいる？

『……悪いな、時間切れらしい』

「っ、なにを言ってる！　ダニー！」

『いいか、キミヒコ』

ダニーは、記憶にある中で初めて俺の名を呼んだ。そして。

『お前は、生きろ』

生き続けろ。

直後、銃声が鳴った。

結局それが、俺の誕生日の三日前――最後に聞いたダニーの肉声だった。

◆五月二日　シエスタ

「そうして一年前、ダニーは俺の前からいなくなった」

少年Kは私たちの前で、今まで彼が隠してきた秘密を語って聞かせた。

ちょうど一年前、彼の身に……いや、ダニー・ブライアントの身になにがあったのか。ダニー・ブライアント失踪の真相――それは、すでに彼が死んでいるという最悪の結末だった。

「だからもう、ダニーがここに来ることはない。もうあいつは、この世界にいないんだ」

それを聞いたジキルは目を閉じて黙り込み、グレーテは事態が飲み込めないのか呆然《ぼうぜん》としている。今この場で口を開けるのは私だけだった。

「敵の正体は？」

電話口でダニー・ブライアントはなにか自分の最期を悟ったような言葉を吐き、そして誰かの声と共に銃声が聞こえたという。であれば、何者かの手によってダニーは銃殺されたと見るのが自然だろう。

「さあ、見当もつかない。……ただ、あいつは色んな人間を敵に回すような仕事もしていた。その誰かに恨みを買った可能性は十分ある」

……なるほど。元《連邦政府》のスパイだった経歴を考えると、彼が狙われたのもそれ絡みだろうか。どこかに潜入捜査をしていたところで政府の間者とバレて殺害されたか、あるいは機密情報を聞き出そうと画策したどこかの反政府組織か――

「だから少年は、私がダニー・ブライアントにとっての敵かどうかをずっと知りたがっていたんだね」

ダニー・ブライアントはすでに死んでいる。それでも、彼が一体誰に殺されたのかは分からない。ゆえに今も彼を追っている私に協力をし続けるフリをしながら、情報を集めようとしていたのだろう。

今思うと私が警察署で少年にダニーについての話題を振ってからというもの、彼は私に対しての態度を明らかに軟化させた。あの時にはすでに、私の利用価値を値踏みしていたのかもしれない。

つまりは利害の一致。私と同じく、少年Kもまた私を上手《うま》く使おうとしていた。私はダニー・ブライアントの居場所を、少年Kは彼の死の真相を明かすべく、互いを利用し合っていたのだ。

「それならそうと、もう少し早く本当のことを教えてもらいたかったんだけどね」

お互い目的のために協力し合う形を取りながらも、少年Kがなにかを隠していたことには薄々気付いていた。でも、それがまさかダニー・ブライアントの死についてだとは。

「ああ、悪かったとは思ってる。でも」

少年Kはふっと苦笑する。

「警察や探偵を騙《だま》せるだけの詐欺師になれとは、ダニー・ブライアントの教えなんだ」

その瞬間、ふいに鳥肌が立った。

警察や探偵――それは偶然の言葉のチョイスのはず。

けれど、私の本当の姿を言い当てられた気がして内臓が浮いた気がした。

少年がそう易々《やすやす》と私の正体を見破れるはずがないのに。

……いや、この場合、それを見透かしているのは少年ではない？

「まさか、ね」

ある仮説が頭を過《よぎ》り、私はそれに慌てて首を振った。

ただ、もう一つだけどうしても気になることは。

「ねえ、少年。ダニー・ブライアントは、本当に？」

死んだの、とは続けなかった。

それを言わずとも伝わるはずだったから。

「……さあ、どうだろうな」

やはり少年もその可能性を否定はしなかった。そう、彼は直接ダニー・ブライアントが死んだ姿を見たわけではない。間接的な証拠しかないのだ。

「だからこそ、月華《げっか》に期待していた部分もあった。死んだと思っていたダニーの居場所を探っている謎の警察官……かと思いきや、その正体は組織の命令で動く怪人二十面相。なにか秘密を握っているんじゃないかって」

でも、私はダニー・ブライアントの死についての真相を知っているわけではなかった、と。少年にしてみれば、私は期待外れだったのかもしれない。

「けど、少年が今このタイミングでそれを明かしてくれたということは」

「ああ、情報を開示した上で、なにか見えてくるものもあるんじゃないかと思ってな」

事実私たちはこの地に来て、ダニー・ブライアントが特殊な事情を抱える子どもたちを保護する施設――太陽の家の運営に関わっていたことを突き止めた。

そしてきっとまだ彼には隠された秘密がある。それは彼の死の真相にも繋《つな》がっているだろう。だから、これからもまだ私たちは――

「そんなはずない！」

ここまでの話の流れを、一人の少女の叫びが遮った。

グレーテだった。彼女は私たちの話を否定するように何度も首を振る。

「だって、約束したから……！　だから、ダニーは……ダニーは！」

そしてグレーテは涙を拭って、後ろを向いて駆け出した。

広間で遊んでいた子どもたちも、何事かと驚いた様子で私たちを見る。

「女の子を泣かせてどうするの」

私がため息をつくと、少年Kは「悪いのは勝手にいなくなったあの男だ」と返す。

けれどそう呟《つぶや》いた少年の横顔を見れば、責める気にはなれなかった。

「お願いできますか?」

するとジキルが、どこか困ったように微笑《ほほえ》みながら私たちを見る。私は少年とアイコンタクトを交わし、走って行ったグレーテを追いかけた。

それから五分も経《た》たぬうちに、私たち二人はグレーテの小さな背中を見つけた。施設を出た先、海が見える岬に彼女は後ろを向いて立っていた。「グレーテ」と私が声を掛けると彼女は一瞬肩を跳ねさせて、洟《はな》を啜《すす》りながらこう切り出した。

「わたしね、ダニーの顔が描けないの」

それは絵の話だ。いつもグレーテは、対象物を完璧に模写するスタイルで絵を描いている。ただし。

「表情みたいに動くものが苦手?」

だからグレーテは、すでにあるものをそっくり真似《まね》て描くことしかしないのだとジキルは説明していた。

「ジキルはいつもそうぼかしてくれるけど、本当は違う。わたしは人の顔が分からないんだ」

——相貌失認。すぐにその症状が思い当たった。

脳機能における障害の一種であり、端的に言えば、人間の顔を認識することができなくなる現象。人の目や鼻などを各パーツとしては知覚できるものの、それを一つの集合体である「顔」として認識できない。

ゆえに相貌失認の症状を抱える者は人間の表情変化を感じ取れず、また親しい間柄かを問わず他者を区別することができなくなる。だから、グレーテは——

「ずっと、移り変わらないものだけを描いてきたんだ」

私がそう言うと、グレーテは「おかしいよね」と自嘲する。

「わたしにできるのは、人の目や鼻や口を記号として捉えてそれを図にするだけ。それだけでいいなら、今までやってきた模写と同じようにある程度のものは描ける」

でも、と言ってグレーテは振り返る。その大きな瞳には涙がいっぱいに溜《た》まっていた。

「わたしにはその完成した絵が、本当に完成しているのかが分からない。大好きな人の顔は分からないままなんだ」

その大好きな人というのが誰のことなのか、今さら訊《き》くまでもなかった。

「約束したんだ。いつかこの症状を克服して、それからダニーの顔を描くんだって。そして本当に似てるかどうか、合ってるかどうか、ダニーに見てもらうんだって」

それがグレーテの言っていた、ダニーとの約束。だけど、その願いはもう叶《かな》わない。少年Kが告げたあの真実が、彼女の希望を絶ってしまった。

「でも、心のどこかでは分かってた気がする。この一年、待って、待って、もしかしたらもう、ダニーは帰ってこないかもしれないって。……けど」

グレーテは何度も掌《てのひら》で涙を拭いながら、こう声を絞り出す。

「どこかで、元気でいてほしかった……っ」

たとえ約束は叶わなくとも、ダニー・ブライアントが生きていてくれればそれで良かったと、グレーテは泣いた。

所詮はよそ者の私には、彼女たちの間にどれだけの関係性が築かれていたのかは分からない。きっと親子のような絆《きずな》があったのだろう、なんて。そんな勝手な推測を立てることすらおこがましい。二人が紡いだ物語は、二人だけのものだ。

だから私には一歩が踏み出せない。グレーテの涙を拭ってあげるだけの手が差し伸べられない。それは私の、探偵の仕事ではないのだろうとも思う。勝手な優しさと思いやりで人を救うことはできない。だからこれからも私は、私のやり方で――

「俺もな、ダニーの顔を知らないんだ」

そう割って入ったのは、私と同じく優しさや思いやりで溢《あふ》れているとは言いがたい人物だった。だけど彼は迷わずグレーテに近づき、私を追い越して彼女に語りかける。

「あいつは俺の前では心から笑わなかったし、泣かなかったし、怒りもしなかった。要するに素の顔ってのを見せたことがないんだ、あの男は」

少年はそう自らの経験を口にする。

そう、彼のそれは優しさでも思いやりでもない。

少年Kが二年にわたって体験してきた、客観的な事実だ。

彼は「だから俺もダニーの顔は知らないんだ」と柔らかな口調でグレーテに同調する。

「でも、顔は分からなくても覚えてることは沢山ある。あいつの酒と煙草《たばこ》でしゃがれた声に、やたらしつこいポマードの匂い。そういえば、ごつごつした手で人の肩を雑に叩《たた》いてくることもあった。俺はきっとあいつの顔を知らなかった。でもその声や匂いや手の感触は、一年経《た》っても残ってる」

なあグレーテ、と少年Kは呼びかけた。君も同じじゃないのか、と。

「……うん。わたしもだ」

少年を挟んで向こう側、グレーテは目を赤くしながらも少しだけ微笑《ほほえ》んだ。

「それにダニーは、嬉《うれ》しそうにグレーテの絵を眺めていた。どんな正論よりも、自分の哲学よりも、あんたの綺麗《きれい》なその絵を大事にしたいって、そう言っていた」

グレーテはそれを聞いて目を丸くし、やがてまた涙を滲《にじ》ませた。

「……そっか。遅くなっても、ダニーの絵、描きたいな」

風が吹いて、グレーテの赤い髪の毛を柔らかく揺らす。

「ああ、あいつもそれを待ってると思う」

少年が、優しい言葉でグレーテを励ます。

私が立っている場所からは、彼の表情は見えなかった。

「――疲れた」

ホテルの洗面所。鏡で変装マスクを取った自分の顔を見つめながら、思わずそう独り言を口にした。

メイクもなにもしていない素の自分の顔。白い肌に青い瞳。同年代の子と比べれば大人に見えるものの、客観的にまだまだあどけない。

小さくため息をつき、着ていた服を脱ぎ捨てる。そしてそのまま洗面所を後にした。部屋には誰もいない。

少年Kとは、あの児童養護施設で一旦別れていた。彼は彼なりになにか一人で考えたいことがあるらしく、車椅子の老人ジキルの厚意に甘えて一泊してくるらしい。

その一方で私は一人、行きとは逆の行程でバスと電車を乗り継ぎ、宿泊していたホテルへと戻っていた。いくつか仕事をするためだ。

「久しぶりに一人だ」

私は下着姿のままベッドに倒れ込む。

誰も見てない今、これぐらいのだらしなさは許容されるはず。ほとんど裸でシーツにくるまると、なんだか不思議と気持ちが和らいだ。胎児の頃はこんな感じだったのだろうか。

「そろそろ連絡しないと」

だらけてばかりもいられない。ダニー・ブライアントについて新たな事実が判明したからには上に報告をしなければ。

スマートフォンを手に取り、《連邦政府》高官――アイスドールへどう報告するかを考える。まずはダニー・ブライアントが、特別な力を持つ子どもたちを保護していたという事実について。

「アイスドールは知ってたのかな」

ダニー・ブライアントによる子どもたちの保護活動は、彼が《連邦政府》から請け負っていたというスパイ業務とは結びつかない気はする。

であればそれは、彼の個人的な仕事だったのだろうか？　そしてその活動が何らかの引き金になって、ダニー・ブライアントは何者かに殺された可能性が高い。それは一年前、彼がこの地で仕事をしている際に殺害されたことからも明らかだろう。

であればその敵は……犯人は、ダニー・ブライアントによる子どもの保護活動を邪魔しようとしていた？　それは一体なぜ？

「まだ上に報告するには早いか」

私は今、自分がやるべきことを頭の中で整理する。まずはダニー・ブライアントが一年前、一体誰と敵対していたのか、それを先に突き止めたい。そのためには、この地を離れる必要も出てくるだろう。

そして私にはもう一つ、アイスドールとコンタクトを取る前に、一人でじっくりと考えたいことがある——それはダニー・ブライアントの死それ自体について。

もちろん彼の一年間に及ぶ失踪の真相として、すでに彼がこの世にはいないという可能性をまったく疑わなかったわけではない。むしろ最初に考えるべきパターンでさえあるだろう。

それでも私が最近その可能性を頭から排除しつつあった理由は、ダニー・ブライアントと家族同然だったはずの少年Kが、その真実を認識しておきながらまるでボロを出さなかったからだった。

まるで彼はダニー・ブライアントが死んだという事実を綺麗《きれい》さっぱり忘れ、私と共に真相を解明しようと努めていたように見えた。もちろん事実は違う。彼はちゃんとダニー・ブライアントの死を認識していたし、その上でさらなる死の真相を、私を利用して明かそうとしていた。

「賢いとは、少し違うね」

私は最初に少年Kに会った時、そして彼が殺人事件の犯人であると装っていたことが分かった時、とても賢い少年だと思った。目的を達成するためには自己犠牲も恐れず、綿密な計画を実行できる少年だと。

だけどそれは違ったのかもしれない。彼はきちんと恐れる。なにかが欠けることに臆病になっている。だけど、それを完全に隠し通せる。

最初はなんの変哲もない少年だと思って、その後とても賢いことが分かって、そして今は少し怖《こわ》く感じる。

似ていると思っていた。あまり感情の起伏がないことも、他人との距離の取り方も、私と似ていると。だけど、彼は私とは違う。

彼には強い感情があって、衝動があって、願いがあって、でも目的のためなら完全に感情を殺せる。愉快なキャラクターを演じられる。怪人二十面相なんかよりも、彼が被《かぶ》っている仮面の方が百倍分厚い。

「君の本当の顔はどれ」

私は天井に手を伸ばす。

到底この手はまだ、彼の仮面を剝《は》ぐには届かない気がした。

「……私はなにを考えてる？」

ふと、自分がこれからも彼と関わり続けようとしていることに気付いた。

それはミッションのため？　――それとも。

「やっぱり、疲れてるみたい」

私は自分の額に手を添えた。

そして、ふいに浮かんだ後者の可能性を自分の頭から必死に消す。

『また仲間を犠牲にするのか?』

頭の中に、巨悪の声が響く。

分かっている。

分かっているから出てくるな、と私はその幻想を右手で振り払った。


『──あ、やっと出た』


と、その時。枕元のスマートフォンから女の子の声が聞こえてきた。

どうやら電話が掛かってきていたところで、無意識に手が当たって通話ボタンを押していたらしい。しかもそれはテレビ電話だった。

「……ああ、ミア。久しぶりだね」

私は気を取り直して、電話の相手にそう応える。咄嗟《とっさ》に「久しぶり」と言ったけれど、実際彼女と喋《しゃべ》るのは一週間ぶりぐらいだろうか。日本へ出向になる直前、ミア・ウィットロックとはロンドンで会っていた。

『ええ、一週間ぶり……って、セ、センパイ? そ、その格好《かっこう》……』

寝転びながらスマートフォンを高々と上げたところで、画面の中のミアが急に慌てふためき始めた。そういえば下着姿のままだった。

『っ、世界を守る正義の味方なんだからしっかりしてよ』

ミアは頰《ほお》を赤らめ顔を両手で覆っているものの、指の間からはしっかり目が覗《のぞ》いている。

なにがしたいんだろうか、この子は。

「ごめんごめん、ちょうど着替えようとしてたところでね」

私は小さな嘘《うそ》をつきながらスマートフォンをその場に置き、手近にあったバスローブに袖を通す。

「それで、なにか用だった？」

私と同じ《調律者》にして《巫女《みこ》》であるミアとは《原初の種《シード》》にまつわる情報を定期的に交換しており、こうして通話をすることも多かった。けれど今日はその定期連絡の日ではなかったはずだった。

『――ええ、《聖典》に書かれた未来が変わる可能性を遂《つい》に見つけたかもしれない』

すると思いがけず、電話口からミアの真剣な声が漏れてくる。

彼女の言う《聖典》とは、《巫女》による世界の危機にまつわる予言の書。

現状、私はいずれ《原初の種》擁する敵の幹部に敗れることが決まっているらしい。私たちはその未来を変えるために日々、作戦を練っていた。

「その可能性って、まさか《特異点《シンギュラリティ》》について？」

私は再びスマートフォンを手に取り、ミアにそう尋ねる。《聖典》に定められた運命を変える唯一の存在──《特異点《シンギユラリテイ》》。その人物を基点として未来は幾つにも分岐していくのだと、以前ミアは私にそう説明をしていた。

けれどその《特異点》がいつ、どこに生まれるのか、それを知り得ることは非常に困難であり、《巫女《みこ》》の未来視が偶然その存在を観測する時を待つしかなかった。だけど今ミアは確かに言った。未来が変わる可能性を見つけたかもしれない、と。

──嫌でも心臓が脈を打つ。

そうして私は、ミアが視《み》たという《特異点》の正体を、遂《つい》にその口から聞いた。

『……センパイ？』

しばらくの沈黙の後、ミアが心配そうに私を呼ぶ。

「ううん、大丈夫。ただ」

本当に、最近よく聞く名前だなと思ってね。

【ある少女の語り③】

「そこに、お話は繋《つな》がっていくわけですね」

私はシエスタ様の手記を一度閉じ、思わずため息を漏らしました。

明かされたダニー・ブライアント失踪の真実。

そして君塚君彦《きみづかきみひこ》が抱える闇と、秘密。

シエスタ様はこれからその問題に向き合うことになるのでしょう。

「本当のところは何者なのですか、彼は」

私はベッドで眠るシエスタ様に語りかけます。

少年K——君塚君彦。これまでシエスタ様の手記に登場してきた彼は、私の知っている君彦とそう変わりがないように見えました。

よく言えばクール、悪く言えばぶっきらぼう。

だけどユーモアはあって、ぎりぎりのところの優しさや気遣いもある。

最初の取っ付きづらさはあるものの、話してみると案外面白い。

普段は格好《かっこ》つけているくせに、たまに抜けているところはちょっと可愛《かわい》い。

なんだか世界で自分だけは彼の良き理解者になってあげられる気がする——そう思う。

私たちはそう思わされる。

「一体誰に？」

ふいに私は、今ここにいない少年Kのことを……なぜでしょう、少しだけ、ほんの少しだけ怖《こわ》く感じてしまいました。ただの人工知能に過ぎないはずの私が、おかしな話です。

「でも、シエスタ様はそんな君彦《きみひこ》の特異性に気付いておられたのですね」

シエスタ様だけはこの時すでに、君彦が意識的かそれとも無意識にか、いずれにせよ仮面を被《かぶ》っていることに気付いていた。

本音も感情も、目的も願いも、すべて鎖付きの箱の中に仕舞《しま》い込《こ》み、ただ一見すると無気力で無感情で、でも関わってみると意外と面白い——そんな都合の良い人間を演じているだけなのだと。

であれば、そんな真実を見抜いた名探偵が、次に取る行動は。

「……おや」

続きが気になり手記を再度開くも、毎日紡がれていたシエスタ様の日々の記録はそこで途絶えていました。

あれからシエスタ様がどのように君彦に関わったのか。

今現在の君塚《きみづか》君彦は、果たしてこの時の仮面を被ったままの少年Kなのか。

その答えを探して手記を捲《めく》りますが、空白のページが続き……結局シエスタ様の手記は最後まで再開されることはありませんでした。

もしかすると「これ以上私のプライベートを覗《のぞ》かないで」というシエスタ様なりの意思表示なのでしょうか、なんて。

それでも、この空白の日々にも彼と彼女、二人の物語が続いていたことは疑いようもありません。

「そうでしょう、君彦」

今はここにいない彼に私は語りかけます。

さあ、教えてください。

あなたとシエスタ様が、これからどんな目も眩《くら》むような冒険譚《ぼうけんたん》を繰り広げたのか。

【第四章】

◆五月三日　君塚君彦《きみづかきみひこ》

朝目覚めると、知らない天井が視界に入った。

とは言え、知らぬ間に倒れて入院していたというわけではない。

「……ああ、泊まったんだったな」

ここはあの教会のような児童養護施設——太陽の家。その代表を務めるという車椅子の老人ジキルの計らいにより、ここに一泊させてもらっていたのだった。

使わせてもらった一人部屋。ベッドから起き上がると、なんとなく頭に靄《もや》がかかった感じがする。十分睡眠は取ったはずだったが、どうにも疲れが取れた気はしない。それは恐らくさっきまで見ていた夢が原因だった。

——それは炎に包まれた民家。中からは子どもの泣き叫ぶ声が聞こえる。

消防はまだ来ていない。偶然そこに通りがかった俺は他の傍観者と同じく、為《な》す術《すべ》なくその場に立ち尽くしていた。

『それじゃあ、ちょっと行ってくるな』

ただその群衆の中で一人だけ、彼だけは違った。

頭からバケツの水を被《かぶ》り、激しく燃え盛る民家へ向かう。
『はは、子どもが待ってるからなあ』
多分俺は、止めたのだと思う。
夢だからよく覚えていない。それは実際にあった出来事でもない。
でも夢の中の彼は……ダニーだけは間違いなく笑って、炎の渦へ向かっていった。
その遠ざかる背中に、俺の伸ばした手は届かなかった。
「ただの夢だ」
電話が鳴ったのは、そんな苦い夢の回想を終えて独り言を呟《つぶや》いた直後のことだった。
画面に表示された名前を確認し、一つ深呼吸をしてから通話ボタンを押した。
『おはよう。私がいなくても眠れた?』
電話口からは聞き慣れない声がする。
が、先ほどの表示に間違いはないだろう。
「まあな。だが月華《げっか》のいびきも恋しいと思ってたところだ」
『……私、いびきとか掻《か》かないから』
多分、と彼女は不満そうに、だが自信なげに呟く。
『まったく、君は。人がせっかく心配してるのに』
なるほど。昨日の一件があって、俺のことを気遣ってくれていたらしい。

月華《げっか》はあの後、仕事があるということで、ひとりホテルに戻っていった。ゆえに太陽の家には俺だけが泊まったわけだが、こうして電話をしてくる程には心配をしてくれているようだった。

「優しいんだな」

俺はとりあえず無難にそう返す。

『大人だからね』

すると子どもっぽい返事が来た。

やはり彼女は、実は俺とそう歳《とし》が変わらないのではないだろうか。

『なに？』

「別に」

しかしなぜ月華はそうコロコロ見た目を変えたがるのか。今日もボイスチェンジャーを使っているのか、昨日と声が違う。よほど素性を明かしたくはないらしい。

それは月華自身の仕事のスタイルなのか、それとも彼女になにかしら使命を与えているという組織の方針なのか。いずれにせよ、月華はまだ俺に隠していることが数多くあるのだろう。

だがそれを暴くつもりは、今のところない。それがダニー・ブライアントの死の真相について関わりがない限り。

「それで？　大人の月華さんは、今日はどんなコスプレをしてるんだ？」

俺は思考プロセスを切り替え、そう軽口を飛ばす。

『シャワーから出たばかりだからまだ裸だよ。素っ裸』

「電話の前に服を着ろ」

ダメだ、仮に大人だとしてもダメな大人だ。

『少年はどういうコスプレが好きなの？』

朝からなんの会話だ。

『衣装を示し合わせておかないと、次に少年が私に会っても気付かないでしょ？』

なるほど、次回の待ち合わせのためということらしい。

……次回があるのか。なんの用事で呼び出されるのかは分からないが、俺は一応熟考した上でこう答える。

「ナース、もしくはチアリーダー」

『へえ、やっぱりそういう……』

「と答える奴《やつ》は素人」

『素人』

月華が不思議そうに復唱する。

「プロとしては」

『なんの？』

「ファミレスの制服は外せない」

『…………』

沈黙が流れる。

「次点でコンビニ、もしくはファストフード」

『…………』

どうやら電波が悪いらしい。二世代前のスマートフォンを使っているからだろうか。

「どこから聞こえてなかった？」

『全部聞こえてはいたけど』

「そうか、じゃあそろそろ本題に移ろう」

人生は有限だ。どうでもいい会話を交わした後はいつも以上に機敏に動く必要がある。

月華《げっか》は、本当はなんの用があって電話を掛けてきたのか。

『うん、そのことなんだけど』

だがしかし、どことなく歯切れが悪い。

『大事なことだから、やっぱり会って話そうかな』

今日中には私の用事も終わるから、と月華は言う。

なるほど、やはり次回の待ち合わせは確定のようだった。

「ああ、分かった。時間と場所はどうする？　このあと帰る予定ではいたが」

俺自身、もうこの施設でやるべき事は終えた気がする。昨日は疲れもあって一晩休ませてもらったが、今日には帰るつもりだった。

『実はちょっとした事情でしばらく電話に出られないかもしれないから、そのうちこっちからまた連絡するよ』

「忙しいんだな」

『月華さんだからね』

因果関係が不明だな。俺たちは互いに「それじゃ」と言って通話を切った。

軽口ばかりの電話を終え、部屋にはしんとした静寂が戻る。

俺はその静けさの中で、月華が口にしていたことを再度頭で反芻《はんすう》する。

「ダニーのことか、それとも」

月華の言う大事な話。普通に考えれば前者のことだろう。昨日はあれから月華と別れ、一人きりでダニーのことについて考えていた。

だけど本当は、そんな時間なんていらなかったはずだった。ダニー・ブライアントが死んでいることは、もう俺の中で踏ん切りをつけていた。でも今回、月華と出会ったことでもう一度ダニーについて考える日々が始まり、そうして新たに分かったことが一つある。

ダニー・ブライアントはこの北陸の地で、特別な事情を抱えた子どもたちを保護していた。それはなんとなく、あの男がやりそうなことでもある。きっと損得勘定なんかじゃなく、彼なりの哲学をもってそんな活動をしていたのだ。

「じゃあ、俺は？」

一人あのアパートに取り残された俺は、ダニーにとっては特別守らなければならない対象ではなかったのだろう。あの夢のように。俺が懸命に手を伸ばす先で、ダニーは一度も振り返ることなく燃え盛る炎の中に飛び込んでいった。

「それでいいだろ」

ダニーと俺は親子の関係なんかではない。俺たちは決して家族ではない。なに、別にいじけているわけでも、皮肉を言っているわけでもない。事実として、それが俺たちなりの関わり方だった。

――と、その時。コンコンと二回ノックが鳴った。

はいと応えると、グレーテが部屋の扉を開けた。

「えっと、あの、朝ご飯、みんなで食べませんか？」

まだ恥ずかしさは抜けていないのか、それでも昨日の件を乗り越えてグレーテは、はにかんだ笑みを俺に向ける。

それはまるで俺をみんなの輪に……ダニー・ブライアントが作った家族に迎え入れてくれるかのようだった。こんな時に浮かべる表情としてはなにが正解なのだろうか。分からぬまま俺は「すぐに行く」と頷《うなず》いた。

苦笑は相変わらず便利だった。


そうして思いがけず誘われた朝食の時間だったが、誰かと共に、特に大勢で食卓を囲むのは久しぶりの経験だった。

若干の戸惑いを覚えつつシチューやパンを口に運んでいると、やがてグレーテが隣に座ってきて色々と話を振ってくれた。その会話の大半はダニーのことだったが……しかし彼女の思い出の中にいるその男は、俺の知っている姿とは少し違っていた。

なんでもダニーはこの施設を訪れる度に子どもたちにプレゼントを買ってきたり、彼らの特技や個性を笑顔で褒めて伸ばしたりと、まるで本当の父親かのように振る舞っていたらしい。

「……おい、ちょっと差がありすぎやしないか？」

俺は、今は亡き自称師匠にさすがに文句を吐く。どれだけ思い返してみても、あの男に褒められた記憶などまるでない。ましてやプレゼントなんて。人の誕生日の三日前にいなくなる男だ。やれ、せめて家の光熱費の支払いぐらいはしていってほしかった。

――などという愚痴を内心呟《つぶや》きながら俺は今、朝食を終えてジキルの部屋へ向かっていた。なんでも、外部の人間であるはずの俺に大事な話があるらしい。

だがそういえば昨日この施設を訪れた際、ジキルは俺や月華《げつか》を見て「いつか来ると思っていた」というようなことを言っていた。それは一体なんのことなのか。不思議に思いつつも、俺はジキルが待つ部屋の扉を叩《たた》いた。

「よく来てくださいました」

扉を開けて中に入ると、車椅子に乗ったジキルが俺を迎え入れた。執務室のような作りのその部屋。ジキルは壁際にある書架の前で、本を手にしているところだった。

「実はこの本棚を動かすお手伝いをしていただきたく、あなたに来てもらったのです」

やれ、どうやら俺は便利屋としてここに呼ばれたらしい。大事な話があるんじゃなかったのか。しかし一宿一飯の恩義はある。俺は内心ため息をつきつつも本棚へ向かう。

「左と右、どっちに押す？」

俺は車椅子のジキルに代わって本棚の前に立つ。しかし、棚には本が数百冊は並んでいる。一旦すべて中身を空にしないと動かせないだろうか……と、考えていた時だった。

「奥に、押していただけますか？」

ジキルは言う。右でも左でもなく、奥に書架を押してくれと。

ところがこの大きな棚は壁に沿って設置されており、普通に考えれば奥に押したところで意味はない。――が、しかし。

「……ここはからくり屋敷か？」

試しにジキルの指示通り本棚を両手でぐっと奥に押し込んでみると、本棚のように見えていたそれは扉のように向こう側に開き、俺をまだ見ぬ場所へ誘《いざな》った。

「昨日帰らなくて正解だったみたいだな」

この先に待ち受けているものがなにかはまだ分からないが。

微笑を浮かべるジキルとアイコンタクトを交わし、俺たちはその扉の向こうへと入っていく。ひんやりとした廊下を進みながら、自分で車椅子を操作するジキルはこう語る。

「この施設、そしてこの空間は元々、ダニー・ブライアントの隠れ家としての役割も果たしていました。随分と無茶《むちゃ》をする男だったゆえに敵も多かった」

ジキルは俺もある程度知っている通りのダニーの人物像を口にする。

俺も住むあのアパートを空けることも多かったが、ここに身を潜めることも度々あったのだろう。それは敵から逃げるためでもあり、恐らくは愛情を注ぐ子どもたちに会うためでもあった。

「私も彼が本当のところ、どのような仕事をしていたのか、そしてどういった経緯でこの施設を作ることになったのか、あくまでも断片的な情報しか知りません。あの男は、自分が生きた痕跡をなるべく残さぬようにしているようにさえ見えました」

ただ、と言ってジキルは、壁の前で止まった。

否《いな》、壁だと思ったそれは、巨大な金庫だった。

「この金庫には、ダニー・ブライアントが死の間際まで秘匿し続けた、ある仕事の機密情報が残されています。そして私はあの男にこう言付けられていた」

いつか必ずこのパンドラの箱を開ける子どもたちが現れる、と。

そう言ってジキルは、車椅子から俺を見上げる。

その眼差《まなざ》しは物腰柔らかい老人のそれとは違って見えた。

「一年前、彼が失踪してから間もなく、ここ太陽の家にある封書が届きました。そこには暗号らしき数列が書かれており、それを解読すると金庫のダイヤルキーの暗証番号と思われる数字が浮かび上がってきたのです」

「……簡単に解読したと言うが、そんなに脆弱《ぜいじゃく》なものだったのか？」

誰でも解ける暗号ならばあまり意味はない気がするが。

「ええ、量子コンピュータが数年かければあっさり解いてしまう程には」

どうやらこの老父、意外とジョークも飛ばすタイプらしい。

「ただ、この施設には少しばかり計算が得意な子がいましてね。彼のおかげで、数日で謎は解かれました」

「……まだまだ人間がＡＩやロボットに負ける日は遠そうだな」

ジキルが言っているのは恐らく、グレーテと同様に常人離れした技術や才能を持つギフテッド、テッドのことだろう。ダニーはそんな子どもたちをなんらかの目的を持ってこの施設で保護していたわけだ。

「しかしそのダイヤルを回しただけでは金庫は開かなかった。そう、この巨大な黒い箱にはもう一つ、小さな錠があったのです」

ジキルが細めた目で見つめる先にあるのは、金庫のダイヤル付近にある小さな鍵穴。そこに合う鍵がなければ、このブラックボックスは決して開かない。そういうことだろう。

「言いたいことは、お分かりでしょうか」

ジキルは、俺を見ることもなくそう尋ねる。

「……おかしな話だな」

いや、自嘲すら漏れない。俺は一つため息をつき、真顔で返事をする。

「あいつの家族じゃなかった俺が、そんな大事なものを託されているはずがない」

ダニー・ブライアントは一体誰から、なにから、これを守っていたのか。

そんなことさえ知らされていなかったこの俺が、ジキルの言う鍵とやらを持っている道理はなかった。

「感情でなにかを決断するというのは、大いに困難なことです」

ふと、ジキルの柔らかな声が耳に届いた。

横を振り向くと、やはり古老の優しい瞳が俺を見ていた。

「人生は選択の連続であるとはよく言いますが、その選択をする基準として自らの感情に重きを置くのは、どうにも心許《こころもと》ないと思うのです。喜び、怒り、哀《かな》しみ、それらの感情が最も揺れ動くその瞬間の――激情を、人は常に保てない。にもかかわらず、大いなる決断を迫られたその時に限って、我々はそんな移ろう激情に信頼を置いてしまうのです」

この歳《とし》になった今の私でさえそうです、とジキルは自らを戒める。

「混沌《こんとん》とした感情の奔流の中で、我々はその時に最も色のついた激情に支配される。この身を委ねてしまう。明日の薄明の頃には、異なる自分がもうそこにいるというのに」

ジキルがなにを言いたいのか。俺になにを伝えようとしているのか。それは訊《き》くまでもないことだった。けど、だとしたら、俺はどうすればいいのか。

感情を頼りにするなと言うのなら、俺が今信頼を置くべきものは――

「――記憶か」

この身に起きた出来事。実際に体験した、客観的な事実。

そうだ。それは俺自身、昨日グレーテに伝えたこと。

心が揺らいだ時、決断に迷った時、頼れるものはこの身に刻まれた確かな記憶。

俺はあの二年間、ダニー・ブライアントからなにを聞いた？　なにを見せられた？　なにを託された？　一体、なにを――

「その顔は、心当たりが浮かんだと見ていいでしょうか？」

ジキルの言葉にハッとして振り向くと、そこには再び微笑《ほほえ》んだ古老の顔があった。

「今その答えを聞くつもりはありません。ただ自らの胸に仕舞《しま》って、やるべき事をおやりなさい」

そう言ってジキルは俺の背中を押した。託した。

この巨大なパンドラの箱を開ける鍵を、権利を、俺に。

「大いなる冒険の末に隠された秘密を解き明かす。その使命を担うのは、いつだってあなた方のような若者です。老兵はただ、それを見守ることしかできない」

ジキルはそう自嘲しながらも満足げにゆっくり瞬《まばた》く。

そして「今は大袈裟《おおげさ》に聞こえても構わない」と付け加えて、ジキルはこう言った。

「いつか、この老いた私にも見せてほしいのです。激情すらも武器に変え、世界を覆す物語を」

◆五月三日　シエスタ

昨日、少年Kと太陽の家で別れてホテルで一泊した私は今日、さらに北の大地——北海道に飛んでいた。もちろん遊びや観光ではない、とある仕事のためだった。探偵たるもの常にフットワークの軽さが求められる。

「ん、美味《おい》しい……。モノが違うね」

暦の上では初夏を迎えながらもまだ肌寒さを感じるこの地域、それでもご当地グルメは外せない。私はソフトクリームを舐《な》めながら、青空の下をずんずん歩いていた。

地元で愛されているコンビニで買ったそれは、全国チェーンで売られているものとはワケが違う。この地に来てから手に取った数多《あまた》のアイスはどれも美味だった。

「いやだから遊びではないんだけれど」

探偵たるもの、その行動にはすべて意味がある。アイスを食べ終えて次に辛《から》いものが食べたくなった私は、街の外れにあるラーメン屋を訪れた。

雑誌に載るような有名店ではないそこは、知る人ぞ知る隠れ家といった雰囲気で、暖簾《のれん》を潜《くぐ》るも客はいなかった。

食券機でコーン増量の味噌《みそ》ラーメンを注文し、カウンターで待つこと三分。「へいお待ち」と威勢のいい店主の声と共に、溢《あふ》れんばかりのコーンともやしの載った味噌ラーメンが運ばれてくる。

食欲を刺激するいい匂い。まずはスープを一口——美味《おい》しい。さっきからそれしか言っていない気もするけれど、別に私はグルメレポーターではないから問題ない。そう、私はあくまでも探偵なのだ。

そうして麺を啜《すす》り、コーンともやしを食べ、また麺を啜り、五分ほどで完食。紙ナプキンで口元を拭いていると、やがて例の店主が「〆《しめ》にご飯を入れることもできますよ」と笑こう答えた。

顔で提案してきた。なんと贅沢《ぜいたく》な提案だろう。私はそれに対してありがたく思いながら、

「じゃあ、カレーライスを」

するとその瞬間、店主の表情が一瞬固まった。

けれどその後続いて「辛さは?」と訊《き》いてくる。良かった――通じた。

「七辛でお願いします」

さらに私がそう答えると、店主は「承知しました」と言って厨房《ちゅうぼう》の奥に引き下がる。

それが合図であり、ここまでが合言葉だった。

私は席を立ち、店の奥にある「使用禁止」と書かれた洗面所を開けた。するとそこにトイレはなく、小さな空きスペースが広がっている。そしてあるのはもう一枚の扉だけ。

私は躊躇《ためら》うことなくそのドアを開く――すると今度は目の前に、こぢんまりとしたバーのような空間が現れた。

「見つけた」

そのカウンターに、目的の人物はいた。

「こんにちは、ブルーノさん」

私がそう声を掛けると、カウンターの席に座る白い髭《ひげ》を蓄えた老人は、飲んでいたグラスを軽く掲げながら。

「荷物はすべて、そこに入れてくれるかな？」

ふと気付けば、背後にダークスーツの男がいた。《黒服》だ。

私は彼が持っていた頭陀袋《ずだぶくろ》に自分のスマートフォンを入れた。

「すまないね、用心深くて。君のことを信用していないわけではないんだが」

「いえ、あなたの立場を考えれば当然のことです。喜んで協力します」

それがこうして彼と個人的に会う際の絶対条件――それは、あらゆる情報機器を持ち込まないこと。しかしそれは彼の役職上、致し方ない。《調律者》ブルーノの役職は《情報屋》、いかなる情報漏洩《ろうえい》も許されない。

「悪かったね、こんな北の国まで」

「いえ、むしろ国内でツイてました」

世界はすごく広いので、と言うとブルーノさんはくっくっと笑った。

彼は世界中を飛び回り、ありとあらゆる知識をデータベースのように蓄え続ける流浪人。そしてそれこそが彼の《情報屋》としての生き方でもあり、そうして得た知識は他の《調律者》が《世界の危機》と戦う時に活用されていた。

「さて、それで？　名探偵さん、なんでも私に訊《き》きたいことがあるということだったが」

ブルーノさんはワインを飲みながら、私がここに来た用件を尋ねる。

私は昨日のうちにブルーノさんに連絡を取っており、そして偶然にも日本に滞在してい

るとのことでこの約束を取り付けていたのだった。

そんな私が今、《情報屋》である彼に訊《き》きたいことは一つ。

「ダニー・ブライアントについてです」

私が言うと、ブルーノさんは黙ってお酒を傾けながら話の先を促す。

「一年前、ダニー・ブライアントは何者かによって殺害されました。そんな彼の敵が一体誰だったのか、教えてもらえませんか？」

ブルーノさんがダニーという人物を、そして彼がすでに死んでいるという事実を知っている前提で私は訊いた。なぜならば《情報屋》は他の誰よりも……たとえば《連邦政府》の高官よりも、この世界のすべてを知っている。

それでも、政府高官アイスドールがダニー・ブライアントの居場所について《情報屋》を頼ることはない。いや、頼ることができないのだ。《情報屋》ブルーノ・ベルモンドの哲学――それは、使命以外で自らの知を他者に決して分け与えぬこと。この世界のすべてを知る者として守るべき使命だった。

「情報とは武器だ」

ブルーノさんは、グラスを置いて語り出す。

「それはどんなウイルスよりも、核兵器よりも恐ろしい。ゆえに情報を持つ者はその責任を自覚し、常にその取り扱いに関して細心の注意を払わねばならない」

「分かります。情報を持つ者は、一定の数に制限される必要がある。《巫女《みこ》》の《聖典》が本来、政府高官すらも閲覧できないことがその証拠でしょう」

たった一人の間者がたった一つの情報をもたらした結果、国を滅ぼした例もかつてある。人の知は、時に世界をも滅ぼしかねない。

「そしてブルーノさんが身体に埋め込んでいる爆弾カプセル。その起爆スイッチを《黒服》に握らせている意味も、分かっているつもりです」

ブルーノさんは常に世界中の《黒服》に自分の居場所を監視させている。そして、もしもどこかの組織に捕まり拷問にでもかけられた場合、不可抗力で情報を吐いてしまう前に《黒服》に体内の爆弾を起爆させる——それが世界の知を担う者の生き方だった。

「それが分かっていて白昼夢、君は私に情報を訊くのか?」

ブルーノさんが私をその名で呼ぶ。睨《にら》むわけでも、冷たく見下すでもない。

ただこの世の知そのものが私に問うた。

世界が傾く可能性を自覚してなお、それを知る覚悟があるのかと。

「ええ、これはそうまでしてでも訊く必要のあることだと判断しました」

私は迷わず答えた。その覚悟があるからこそ私は今ここにいた。

「無論、すべてを教えてもらえるとは思っていません。ただ、ダニー・ブライアントがかつて戦っていた敵がどういう存在だったのか、その外側の部分だけでも知りたいんです」

「《名探偵》である君ならば、いずれその答えには辿《たど》り着《つ》くと思うが？」

ブルーノさんはすっと目を細めながら、立ったままの私を見つめる。

「……そうですね、いずれは。でも、今この瞬間でなければ、取り返しのつかないことになる気がするんです」

私が答えると、彼は「曖昧だね」と首を振り「それに」と続ける。

「取り返しのつかない事態といえども、そもそも世界に犠牲はつきものだ。世界がそういう選択をしたのなら、我々は時にそれを許容する。許容せねばならない。ただ、この世界が大きく傾きかけた時にのみそのバランスを調律する、それが我々の使命だ」

分かるね、とブルーノさんは優しい口調ながら厳しく私を諭す。最も長く《調律者》としてこの仕事をしている彼が言うことだ、重みが違う。到底、綺麗事《きれいごと》を口にできる場面ではない。

私たちはすべての人を救えない。誰も傷つけないことはできない。《暗殺者》も《発明家》も、あるいは《吸血鬼》もきっと同じことを言うだろう。私自身もそれを否定することはできなかった。それを否定することは、これまで世界を守ってきた者たちに対しての最大の侮辱だ。

それが分かって、それでも私は。

「今、私がこの情報を知ることによって、必ずいつか世界のバランスが保たれる」

だからダニー・ブライアントを討った敵を教えてください、と私は頭を下げた。

「その情報がいずれ世界の危機を救うことに繋《つな》がると？　なぜそう思う？」

それが最後の問いであると、直感的に分かった。

次の私の答えに掛かっている。そう、彼を納得させる答えが必要だ。

なにを言えば、世界の知を口説き落とせる？　そのために必要な私の武器は？

探偵として、あるいは一人の人間として、私が持っているものは？

――いや、違う。私が持っていないものは？

「私はこれまで最も知りたいと願った情報を、あなたに尋ねたことはありません」

私は頭《こうべ》を垂れたまま切り出した。

「そんな私が本来の職務でもなく、ただ、出会ったばかりのたった一人の少年のためにこうして頭を下げている。その覚悟が、今私が示せる答えです」

私が持っているものなんて、たかが知れている。

私の十倍以上の人生を生き、この世のすべてを知る者に、敵《かな》う武器などどこにもない。

だから私は、私が持っていないものを矛にした。

それは私の、ある失われた記憶。

ずっと知りたかったこと。探し求めている答え。

でもそれは、いつか自分の手で見つけるから。探偵として答えを出すから。

「あなたがその知を分け与えることで、救われる少年が一人いる。彼はいつか、この世界の中心軸をずらすシンギュラリティになる」

だから、今回は。今だけは——

「——ある、正義を自称する自警団がいた」

そうして世界の知識が、語り出す。

「世界に流通する通貨の単位をコードネームに持つ彼らは、ある巨悪を討つために一堂に会したそうだ」

ワイングラスが、静かな音を立ててカウンターに置かれる。

「その巨悪の名を、ダニー・ブライアントという」

◆五月三日　君塚君彦《きみづかきみひこ》

太陽の家で、ダニー・ブライアントが残したという金庫の話をジキルから聞いた俺は、その足で自宅への帰途を辿《たど》った。バスと電車、新幹線を乗り継いで、また電車。最寄り駅から十分歩き、見飽きた古いアパートが見えてくる。

「元々、帰るつもりだったんだ」

俺はそんな意味のない独り言を零《こぼ》す。

けれど事実、ダニーが大事にしていた絵画の真相が分かっただけでも、あの施設を訪れた意味は十分あった。そしてその成果を得た上で、俺はこうして家に帰ってきた。だから、ジキルが言っていた金庫の鍵とやらが、もしかしたら俺の家にあるかもしれないなどと、本気で期待しているわけではない。

俺はそう自分に言い聞かせるために独り言を漏らした。

上り慣れた鉄骨の階段を踏みしめ、やがて部屋のドアノブを捻《ひね》る――と、そこに広がっていたのは、出掛けた時となにも変わっていない部屋の光景。

だがそれも俺にとっては当たり前ではない。つい最近も、謎の空き巣に入られたばかりだった。家の窓は昔ダニーが妙にこだわって強化ガラスを用いていたはずだが、どうやって犯人は中に侵入したのだろうか。

「……そういえばあの空き巣、月華《げっか》と出会ったのと同じタイミングだったたな」

ただ被害としてはなにも盗《と》られたものはなく、しかしなぜか押し入れの奥に仕舞《しま》い込《こ》んでいたはずのいくつかの雑誌が本棚に並べられていた。

「あの意味の分からない空き巣、まさか月華の仕業じゃないだろうな」

その時からダニーを追っていたはずの月華であれば、身辺調査と称してそんなことをしていたとしてもおかしくない。次に会ったら問いただす必要がありそうだった。

それから俺は小さく息を吐き、クローゼットへ向かった。あまり開けることのないその扉を開くと、つんとした臭いが鼻を刺激する。クローゼットの中には、大量のガラクタが眠っていた。だがそれらは俺の子ども時代のおもちゃなどではない。すべてダニー・ブライアントが旅の過程で集めていた土産物だ。

俺はそのガラクタの山から、陶器で作られた打ち出の小槌を取り出した。一見すると、それはなんの変哲もない地方の伝統工芸品の一種。ただ、もしも今さらながらこれに特別な意味を持たせるとすれば、それは――一年前、ダニー・ブライアントが北陸の地で消息を絶ち、その三日後に郵送でこれを送ってきたということだ。

今この部屋には、俺の趣味ではない芸術品や骨董品《こっとうひん》が溢《あふ》れている。それらはすべて、あの男が買い集めていたものだ。だがそれは、ダニーの浪費癖や蒐集癖《しゅうしゅうへき》、あるいはお人好《ひとよ》しな性格によって集められたものではなかった。

たとえば描き人知らずのあの油絵は、彼が生前こだわりをもって貫いていた仕事の成果だった。では、わざわざ死地となったあの場所から、この家に送られて来た置物一つにも意味があるとすれば、それは。

「――あった」

床に落とした打ち出の小槌《こづち》。

その割れた陶器の破片の中から、俺は一本の鍵を拾い上げた。

これがなにか、なんて言うまでもない。一方でこの鍵によって、ブラックボックスに隠されたどんな「秘密」が明かされるのか、それは分からない。

ダニー・ブライアントとは一体何者だったのか。特別な力を持つ子どもらを保護する施設を運営していた、真の意図はなんだったのか。一年前、彼は誰と戦って、誰から逃走していたのか。あの仮面の下にどんな素顔を隠していたのか。

ただ、それでも今は。

今だけは、ダニー・ブライアントが残したものを俺は手のひらに握りしめた。

わざわざ五月五日という日付にこの住所に送られた――俺に贈られた、この鍵を。

「まずは、報告か」

俺は汗ばむ手でスマートフォンを取り出し、通話履歴から月華《げっか》へと電話を掛けた。

無事に鍵を手に入れたという報告を……いや、その前にそもそも金庫の話からか。頭の中で話の流れを組み立てながら応答を待つも、しかし電話口に彼女は現れない。

「……そういえばしばらく電話はできないって言ってたか」

今朝、月華がそう言っていたことを思い出す。

用事が終わったらまた改めて自分から連絡すると言われたのだった。

俺は「焦りすぎだ」と自嘲する。

なにを期待している。たかが、こんなことで。ダニー・ブライアントが、俺になにかを託してくれていたのかもしれないなんて、そんなただの可能性で、俺は——

と、その時、ふいに手の中に握っていたスマートフォンが振動した。月華《げっか》の用事とやらが済んだのか、折り返し電話だろうと思って俺はすぐに通話ボタンを押す。

だが、その電話の相手は。

『あ、もしもし？　ええと、君塚《きみづか》くんの電話番号で合ってる？』

月華は俺をそんな風に呼ばない。であれば。

「……あんたは、この前の画商の？」

俺がそう訊《き》くと向こうは「あ、良かった」と安堵《あんど》する。

『そう、クローネよ。この前は、どうも』

なるほど。そういえば二日前あの画廊を後にする際に、今後もダニーについての情報をなにか提供してもらうことがあるかもしれないと、連絡先を交換していたのだった。

『実は、あれからどうなったのか気になっちゃってね。その、ワタシも無関係というわけではなかったから』

言われてみれば、確かに。クローネはダニーとグレーテの架け橋となっており、俺と月華はクローネの情報提供のおかげで太陽の家まで辿《たど》り着《つ》くことができた。そしてダニーが生前取り組んでいた仕事を知ることができたわけだが、そのあたりの報告をクローネにするのを忘れてしまっていた。

俺は改めてその真相と、ダニーが残していた金庫の話、そしてたった今手にした鍵についてもクローネに語って聞かせた。

もしかすると、生前のダニーとビジネスをしていたというクローネは、なにか新たな情報をもたらしてくれるかもしれない。そう思ったのだが……。

『なるほど、そういうこと……』

クローネはなにかを考えるように呟《つぶや》き『ごめんなさい、まったく知らなかったわ』と、電話口の向こうでも首を振っているのが分かった。

「そうか……。いや、大丈夫だ。今からまた俺も太陽の家に行く」

すべての話はこの鍵を、あの金庫に突き刺してからだ。そうしてダニーが残したという最後の「秘密」を解き明かす。

それは仕事の機密情報か、はたまた彼が戦っていた敵についてか。いずれにせよ、俺はそれを知る必要がある。この鍵を託された者として、ダニー・ブライアントが残した遺志を見届けるのだ。恐らくそれが俺にできる、最後の――

「というわけで、クローネ。また連絡する」

俺は電話口にそう言い残しながら玄関に向かい、革靴の踵《かかと》を踏む。

まだ今から急いで出れば、ギリギリ最終便には間に合うだろう。

例の施設までの最短経路を頭の中で計算しつつ、俺は玄関のドアノブを捻《ひね》った。

「いえ、その必要はないわ」

扉を開けるとそこには、一人の女が立っていた。

画商の女――クローネだった。

「だって今から、ワタシもそこに行くところだったもの」

女が、魔女のようにルージュを引いた唇を歪《ゆが》める。

刹那、視界が闇に沈んだ。

――それから何時間経《た》っただろうか。

目覚めるとそこには暗闇があった。

「……っ、なんだ、これ」

今、自分が置かれている状況が分からない。

硬い床から上半身を起こすと、腰や背中にぴきっと痛みが走る。

長時間どこか狭い場所に無理矢理押し込められた時の痛みというのが一番近いか。そしてそのたとえが真っ先に浮かんでしまうあたり、自分の巻き込まれ体質にため息が出る。

だがそうこうしているうちに目が慣れてきた。薄《うっす》らと月明かりが差すその場所は見覚えがあった。

「――太陽の家」

その大広間がここだ。だが、なぜだ。俺は今朝、ジキルと金庫の話をした後にここを発《た》った。そうして家に帰り、鍵を見つけ、それから……。

「そういうことかよ」

俺は自分が意識を失う直前の光景を思い出す。

俺はあいつに誘拐されてここまで連れて来られた。

「なにが目的だ、クローネ」

俺は闇の中で蠢《うごめ》く影にそう訊《き》いた。

広間の奥――月の光を浴びながら現れたドレス姿の女は「ごめんなさいね、手荒な真似《まね》をしてしまって」と、俺を見つめながら謝罪の言葉を口にする。

「……っ、クローネ。お前は一体誰だ？」

俺はふらつきながらも立ち上がる。

ただの画商でないことは間違いないだろう。他に俺が知っているのは、ダニーとビジネス上の付き合いがあったらしいということだけ。今やそれも本当かどうか分からない。

しかし、クローネは。

「ワタシ？　ワタシはただの正義の味方」

クローネはその場を右に左にと歩きながらコツコツとハイヒールを鳴らす。

「正義の味方が中学生を誘拐する時代か、世も末だな」

「最近はダークヒーローも主演を張れるのよ」

クローネは「映画は嫌い？」と尋ねてくる。いいや、唯一の趣味だ。

「あんたがダークヒーローなら、よほどのヴィランが出てこない限り納得できないな」

幼気《いたいけ》な中学生を誘拐することが大したことなく思えるぐらいの、より凶悪な敵を相手にしていない限りは。

するとクローネは「ええ、そうね」とどこか遠くを見ながら呟《つぶや》く。

「ワタシにとって彼は、間違いなくそういう存在だった」

彼——それは一体誰を指すのか。クローネは答えを口にしない。

俺が再度「なにが目的で俺を誘拐した？」と尋ねるも、クローネは。

「分からない問題をすぐに他人に訊《き》くのは感心しないわね。そんな甘い考えを持っているとすぐに騙《だま》されるわよ」

……ああ、そうだな。だからこそ今俺は、クローネに騙されてここにいるのだろう。

ではなぜクローネは俺を誘拐した？

まさか俺が、彼女にとってのヴィランであるはずはない。

だとすると、俺自身に用があったわけではない？

クローネに連れ去られる直前、俺は彼女と電話をしていた。

その時俺はなにを訊かれた？　なにを喋《しゃべ》った？

クローネがあの時、知りたがっていた情報は……。

「鍵か」

必然的に答えには辿《たど》り着《つ》いた。だとすると、今度はなぜクローネは鍵を欲したのかという疑問が出てくる。金庫を開けるためというのは当然だが、それはつまりクローネはブラックボックスの中身を知っていて、それを欲していたということか？

「そう。ワタシはこの一年間、ダニー・ブライアントが金庫に隠した『秘密』に用事があった」

するとクローネがようやく自ら口を開いた。

「だけどあの金庫は到底盗み出せるサイズでもなく、しかも無理矢理開けようとすればその瞬間に起爆する仕組みだった。ゆえにワタシは、それを開ける鍵を待つしかなかった」

確かクローネは以前、ダニーに頼まれてグレーテの絵を買い付けるためにこの施設を訪れている。その時に金庫の調査を済ませていたのか？

あるいは、クローネはたった今「この一年間」と言っていたが、であれば彼女が金庫について知ったのも、一年前のあの日――ダニーが死んで以降なのかもしれない。どちらにせよグレーテと関わりを持つことである程度の信頼を得ていたクローネは、この施設に足を踏み入れること自体そう難しくなかったのだろう。

「長い時間を待って、待って。そんな時にあなたが現れた。この施設の外部にいながら、ダニー・ブライアントに関わっていた人物。用心深い人物だった彼なら、そんな外の人間に鍵を託す可能性は十分あると思った」

クローネは「驚いたわ、あなたがこの前うちに来た時は」と言って俺を見つめる。

あの日が俺とクローネの初対面。そこでクローネは俺に目をつけたのか？

だとすると、あの時から罠《わな》は張られていたのか。クローネはダニーの情報をあえて俺たちに提供し、金庫のある太陽の家へと導いた。

「車椅子のおじいさんがいない隙に、あの金庫の部屋に盗聴器をつけていてね。おかげであなたの行動は筒抜けだった」

……なるほど。だから俺が今日アパートに鍵を取りに行っていることも分かって、クローネは先回りをしていたと。

「一体なんだったんだ、金庫の中身は」

「ええ、本当はそれをここで見せることもできたのだけれど」

するとクローネはどこか淋《さび》しげに呟《つぶや》く。

だがそれが、本当は失望を意味しているのだと俺はすぐに知った。

「あなたの持っていたあの鍵は偽物だった」

俺の鍵では金庫は開かなかった、とクローネは告げた。

「鍵を回すどころか、鍵穴に入りすらしない。あれはただ、金庫を狙う敵を欺くためのダミーといったところかしら」

クローネの続く言葉は耳を通り抜けていく。

所詮はすべて俺の勘違い。誕生日のその日に、ダニーが俺に大切なものを託していたのではないか、なんてそんなのはただの都合のいい妄想だった。

分かっていたはずだった。俺がこの太陽の家には呼ばれず、ただ一人だけアパートに放って置かれた意味も。俺はあの男にとっての家族の一員ではなかった。

「他に心当たりはない？」

初めてクローネが俺にまともな質問をした。それは本物の鍵の在処《ありか》についてだろう。だから保険のために俺を連れてきたのか。万が一、あの鍵が不発だった時のために。

だが、残念ながら知るよしもない。ダニーは俺になにも残してなどいないのだ。

「どうする？　俺はもうあんたにとって用済みだぞ」

「……ええ、そうね。確かにあなたも、そして施設の子どもたちも、本物の鍵は持っていなかった。いや、持っていなかったように見える」

クローネは再びハイヒールを鳴らしながらその場を歩き回る。

「でも、ダニー・ブライアントは必ず子どもたちにヒントの種を残している。仮に彼ら自身がそれに気付いていなかったとしても、その脳の——海馬のどこかには、鍵の記憶が絶対に眠っている」

どうやらクローネは、敵だったはずのダニーを随分と信頼しているらしい。

「けど、それがどうした？　本当に子どもたちが無意識のうちに鍵の在処《ありか》を知っていたとして、それをどうやってあんたらは知る？　脳でも切り開いて確認するのか？」

俺は口にするだけでも趣味の悪い軽口を飛ばし、クローネの反応を見ようとして。

「ええ、それもいいわね」

だが顔色一つ変えない敵の姿を見て、続く言葉を失った。

「最終的には、海を渡ってとある孤島へ行こうと思っていてね」

そこにはワタシたちの仲間がいるの、とクローネは今の俺にとっては不利益な情報をもたらした。

「医者である彼はそこで人の脳の研究をしていてね？　脳の特定の記憶領域に干渉してその記憶を消したり、あるいは逆に引き出す術《すべ》を持っている」

「……っ、子どもたちを集団誘拐でもしてそこへ連れて行くと？　無茶苦茶《むちゃくちゃ》だ。あるかどうかも分からない記憶を調べるためにそんな大がかりなことを……」

「目的ならもう一つあるわ」

歩き回っていたクローネがふと足を止めた。

「その孤島ではある治験が行われているの。ワタシたちの仲間はそこの主治医で、この施設の子どもたちは特別なサンプル。あの子たちであれば、きっといい器になる」

器？　今度は一体なにを言っている？

俺が首を捻《ひね》るもクローネは薄く笑うだけで、それ以上確信めいたことは言わない。

だが少なくともここまで話を聞いた上で、俺の頭には確信に近い仮説が立った。

問題のダニー・ブライアントが残した金庫の中身がなんのか、それは分からない。しかし、それを欲するクローネがこれだけ大がかりな計画を立てていることは事実だ。

ダニーには俺もまだ知らない秘密があり、そしてクローネはそれがなんなのかを知っている。ダニーとクローネの間には、俺の想像していた以上の因縁があった。であれば、正義の味方《ダークヒーロー》を自称するクローネが戦っていた敵の正体とはほぼ間違いなく、ダニー・ブライアントのことだ。そしてそんな彼は、一年前に死んでいる。つまりは――

「一年前のあの日、ダニー・ブライアントを殺したのはお前たちだな？」

それを聞いたクローネは「ええ」と、目を伏せたまま静かに頷《うなず》いた。

「……っ、く、そ」

　クローネに殴りかかろうと駆けだした瞬間、気付けば俺は床に倒れ込んでいた。焦りから足が絡まったのかと思ったが、恐らく違う。

「ごめんなさい、保険をかけさせてもらってたの」

　一歩ずつ、クローネが近づいてくる。なにかしらの薬でも打たれていたのか、足に力が入らない。

「丈夫な身体《からだ》ね。思ったより目を覚ますのも早かったし、本当は全身の筋肉を動かせなくてもおかしくはないんだけれど」

　数メートル離れたところで立ち止まったクローネは「頑丈に産んでくれたお母さんに感謝しなくちゃ」と呟《つぶや》く。

「……あいにく母親の顔を拝んだことはなくてな」

　それにこの身体が多少人より丈夫だとすれば、それはこの厄介な体質によって後天的に身についたものだ。ギャングの抗争に巻き込まれたことだってあるし、たまたま居合わせた強盗にぶん殴られたこともある。奇《く》しくも身体の不調や負傷には慣れていた。

「クローネ。なぜお前は……お前たちはダニーを殺した？」

　そして諦めの悪さもきっとこの体質由来だった。

　どうせ巻き込まれるなら徹底的に、最後の最後まで関わり続ける。

それがたった一つ、この体質を授かった俺に許された生き方だった。

「強い子ね」

クローネはそう言って俺の周りを歩き出す。

「私たちとダニー・ブライアントの関係は非常にシンプル——追う者と追われる者。彼はある『秘密』を保有していて、私たちはある事情でそれを見過ごすことができなかった。そうして私たちとあの男は戦い続けていた」

かつてダニーは事ある毎《ごと》に、自分を追っている存在がいると口にしていた。そういった存在は複数いたのだろうが、きっとその最たる存在がこのクローネたち。クローネは素性を隠してダニーに接触していたということだろう。

クローネは「本当に強《したた》かな男だった」と、かつてのダニーについて語り出す。

「どれだけ策略を巡らせて追い詰めようとも、いつも最後には躱《かわ》され、逃げられる」

在りし戦いの日を回想するようにクローネは遠い目をする。それでも彼らの戦いの結末がどうなったか、その終わり方だけは俺も知っている。ゆえにここから彼女の口から語られるのは、なぜそのような最悪な悲劇が辿《たど》られたのか、その過程だけだった。

「人間には必ず弱みがある。あの男にとってそれがなんだったか分かる？」

クローネがダニー・ブライアントの弱点を俺に問う。

それは言い換えれば、あいつがなにを恐れていたかということだ。

人は普通なにを恐れる？　――大切なものが壊れることだ。

では、人はなにを大切に思う？　――命か、それとも。

「家族だ」

答えはすぐに出た。実感は伴わない。

だがつい最近、俺はある事件を通してその感情を、現象を目の当たりにした。

そして家族を思う気持ちは、きっと誰にとっても普遍的なもののはずだった。

「だけどダニーに家族なんて」

と、そう言おうとしてはたと気付いた。

いた。あいつには確かに家族がいた。この施設に暮らす大勢の幼い子どもたちが。

「そう。ダニー・ブライアントにとっての唯一の弱みは、この施設で保護してきた子どもたち。ワタシはそれを、彼があの依頼をしてきたことで確信した」

あの依頼――それはダニーが、グレーテの画を買い付けてきてほしいとクローネに頼んだことに違いない。その願いを聞いてクローネは、ダニーにとって太陽の家の子どもたちがなにより大切な存在であることを知った。そして恐らく、それを利用した。

「一年前のあの日、ワタシたちはこの施設に爆弾を仕掛けた」

クローネは、俺が一年前に聞いたあの電話の向こうで起きたことの顛末《てんまつ》を語り出す。

「ダニー・ブライアントをとある地の崖際まで追い詰めた後、ワタシたちが彼に与えた選択肢は二つ」

クローネはそう言って指を二本立てる。

「大切な子どもたちを見殺しにするか、それとも『秘密』を一人で抱えて死ぬか」


……ああ、そうか。クローネらの目的は「秘密」を知ることではないのだ。「秘密」が暴かれないように、それを知る者を消すことこそが最大の狙い。ゆえに「秘密」を知るダニー・ブライアントに対して、クローネたちは究極の選択を迫った。

そして、そんな選択肢を提示されたダニーが当時どんな決断をしたのか、俺は知っている。知ってしまっている。彼との最後の通話中に鳴った、あの銃声を俺は覚えていた。

「……でも、ダニーが死んだところで問題は解決しなかったと？」

それは、今もこうしてクローネがダニーの残した金庫に固執していることからも明らかだった。

「ええ、ワタシたちにとっての誤算は、ダニー・ブライアントが死んだその後――彼は確かに『秘密』を抱えて死んだものの、その『秘密』に至るためのヒントを金庫に隠していたことが判明した」

「……だから、あんたらはその金庫を開ける鍵を探していたのか」

「ええ。もしも『秘密』それ自体が金庫に入っていたなら、その金庫ごと『秘密』を吹き飛ばしても良かった。でも、あのブラックボックスに入っていたのはあくまでも秘密へと至る地図。ワタシたちはその地図を回収した上で、世界中のどこかに隠された『秘密』を確実に自分たちの手で処分する必要があった」

本当に用意周到な男だった、と。

クローネは仇敵《きゅうてき》を思い出すようにしながら目を細めた。

「そこまで考えた上で、ダニーは……」

一年前のあの日。あいつはそこまで読んで、読み切った上で、自分の守りたいものを守って死んでいった。

でも、なぜだ。ダニーはどうして血縁関係もない施設の子どもたちのことを、自分の命を犠牲にしてまで……。

「自分の娘の代わりにしていたんでしょう」

思わず漏れていた独り言に、クローネは少しだけ声のトーンを落としてそう答えた。

俺が「どういうことだ」と訊《き》くと、「それも知らされていなかったのね」と、まるで俺を哀れむように見つめる。

「彼にもいたのよ、十年前まで本当の家族が」

そうしてクローネは、俺も知らなかったダニーの過去を語り出す。

「十年前のダニー・ブライアントは妻と娘との三人暮らし。それから色々あって離婚したものの、娘を引き取って男手一つで大切に育てていた」

一年前、ダニーと交わした最後の電話。その中で彼は確かに、実は家族がいたというようなことを匂わせていた。

「かつてのダニー・ブライアントは私立探偵のような仕事をして生計を立てていてね。浮気調査のような小さな仕事から果ては殺人事件の解決まで、頼まれればどんな依頼でもこなしていた」

それは俺の知るダニーも同じだ。なんでも屋を自称し、日本全国、いや世界中を飛び回り、あらゆる仕事をこなしていた。

「そんなある日、彼はとある新興宗教グループのトップの男を捕まえた。その教祖の男は悪魔払いと称して子どもたちを殺戮《さつりく》する連続殺人鬼だったの」

私立探偵が取り扱う事件としては規模が大きすぎる。だがダニーならばやりかねない、直感と経験でそう思った。

「ところが犯人の男はある大財閥の御曹司でね。超法規的措置により、彼が法で裁かれることはついぞなかった」

それはあってはならない、よくある話。この世の中には、そういう特権階級の人間が確かにいる。

「それで話が終わればまだ良かった。でもね。その教祖の男はとてもプライドが……いえ、あまりにも神の教えを重視していてね。自分はこうして神に裁かれなかったのに、あの探偵は自分を一度は塀の中に送った。そんな探偵こそが悪魔だと考えた」

「そんなのはただの逆恨みだ。……っ、まさか、それでダニーを？」

「いいえ。犯人は、悪魔そのものには目を向けなかった。代わりにそんな悪魔の娘を祓ってあげなければと考えた」

——っ、それじゃあまさか。

「ある日仕事から帰ったダニー・ブライアントは、自宅の一室で変わり果てた娘の姿を見て慟哭《どうこく》した」

それから一年後のことよ、とクローネは言う。

「彼が世界中の恵まれない子どもたちを保護する活動を始めたのは」

——あいつは、なにも語らなかった。なにも。

家族がいたことも。その家族を失ったことも。

きっと娘を失ったその日から自分を責め続け、その贖罪《しょくざい》として世界中の子どもたちを救い始めた。それがあいつの仕事で生き様。俺にも、誰にも隠し続けてきた秘め事だった。

だから、そう、あいつは誰にもそれを語らなかったんだ。

——なのに。

「なぜあんたがダニーの過去を知っている？　よそ者の、お前が」

俺が睨《にら》むと、クローネは嘲笑《あざわら》うわけでもなく静かに真実だけを告げる。

「ダニー・ブライアントの娘を殺したのも、ワタシの仲間だったから」


ああ、そうか。すべての因縁はきっとその時から。

やっぱりこいつらが。クローネたちが、全部――

「でも安心して。彼はすでにこの世には……」

「お前はもう喋《しゃべ》らなくていい」

俺はもう一度足に力を込め、クローネに向かって駆け出す。

薬の影響か、腕の感覚はあまりない。それでもせめてこの心に渦巻くままならぬ感情を乗せて、俺は大きく右腕を振りかぶった。

「ああ、可哀想《かわいそう》に」

その声は、背後から聞こえてきた。

いつの間にか俺の後ろに立っていたクローネが、俺を抱きしめるようにして耳元で囁《ささや》く。

「ダニー・ブライアントが作った偽物の家族。その中にすらあなたはいなかった」

やめろ、哀れむな。

「だから今、あなたはそのやり場のない怒りの衝動に身を任せ、泣いているのね」

怒っていない、泣いてなどいない！

ただ俺は、せめてあいつの仇《かたき》を……！

「もういいのよ、心配ないわ。本当はまだ伝えるべきことはあったのだけれど、これ以上はきっと心が持たない。今、ワタシたちが楽にしてあげる」

それも正義の味方であるワタシたちの務めだと、クローネは言う。

その時、広間の大きな窓が音を立てて割れた。そして現れたもう一つの人影。

フードのついたマントを被《かぶ》り、顔には猿のような獣の面を装着。また右手には血塗られた斧《おの》が握られていた。

「この可哀想《かわいそう》な子羊を介錯《かいしゃく》してあげて。《バーツ》」

あれもクローネの仲間なのか。

一年前、ダニーを殺したという自称、正義のダークヒーロー――

「――っ！」

再び全身の血が煮えたぎるように熱くなる。だが身体《からだ》は感情に追いつかず、痺《しび》れたままの下半身はあえなく膝から床に崩れ落ちた。

「大丈夫。あの怪人二十面相もすでに、バーツの手によって逝ったわ」

悪はすでに絶たれた、とクローネは言う。

「……っ、月華《げっか》のことか」

こいつらの手は彼女にまで及んでいた。電話が繋《つな》がらなかったのも、本当はあの獣の面の男にやられたからか？

「く、そ……」

獣の傭兵《ようへい》はクローネの指示を受けて一歩、二歩と迫ってくる。だが俺のこの足は動かない。「月華が悪とはどういうことだ」と叫ぶ力も残っていない。感情だけでは、想《おも》いだけでは、行き詰まった状況を変えることはできない。

……ならこういう時は、感情の代わりになにを大事にするべきだったか。死の恐怖から、無意識に目を瞑《つぶ》ったまま俺は考える。

いつか、誰かが言っていたような気がする。迷った時、立ち止まった時。感情だけではどうしようもない事態に遭遇した時。なにを考えろと言われたか。なにを見ろと言われたか――そうだ、少なくとも見なければ。今起きている現実を、この目で見なければ。

そうして目を開いた瞬間、俺のすぐ横を風が走った。

「何者だ！」

クローネが叫ぶ。

だがその見えない風は一気に間合いを詰め、クローネを蹴り飛ばした。

風の正体は、マントを翻した獣の面の傭兵だった。

硬い床に転がったクローネは苦痛に喘《あえ》ぐうめきを漏らす。

「あんたは、誰だ……？」

マントを羽織った傭兵《ようへい》の背中に俺は訊《き》く。

そいつは背を向けたまま被《かぶ》っていたフードを取り、すると臙脂色《えんじいろ》の布から長髪がこぼれ落ちた。それは見覚えのない後ろ姿。だが、女だった。

やがて彼女は振り返り、獣の面を取ってみせた。それでもやはり俺はこいつを知らない。

突如現れた正義のヒーロー、肝心の顔に見覚えはなかった。

それでも俺の口からは自然と「ありがとう」でもなく「お前は味方なのか」でもなく、こんな言葉が漏れた。


「美人だな」

すると無表情だったそいつは。

「月華《げっか》さんだからね」

やがてほんの少しの微笑を浮かべてそう言った。


「どうして、お前がここに……！」

数メートル向こう。月華に蹴り飛ばされ床に転がったクローネは「……っ、バーツの奇襲が失敗した？」と呟《つぶや》きながら、口の端から垂れた血を拭い、ゆらりと立ち上がった。

それに対して、月華は。

「私の不意を突くつもりだったみたいだけど、実は直前にある物知りな人から敵の居場所を聞いていてね。彼が武器を手にしようとした頃には、私はすでに勝利の準備を終えていた」

彼女は俺も知らない舞台裏を口にしながら、いまだ起き上がれない俺に近づくと。

「少年の理想のコスプレじゃなくてごめんね」

そんな戯れの言葉と共に薄く微笑《ほほえ》んだ。

「ああ、いつか猫耳メイドになってくれたら問題ない」

「それは初耳だね」

そう言うと月華は「下がってて」と俺を背後に隠し、単身クローネに向き合った。

「……っ、計画がずれた」

クローネは険しい表情を浮かべたまま、しかしその視線はあちこちに彷徨《さまよ》う。

それは、予想外の闖入者《ちんにゆうしや》に戸惑っているのか、あるいは。

「──動かないで」

すると月華はどこか哀れむように敵を見つめながら、懐から一丁の拳銃を取り出した。

「白？」

だがそれは顔見知りの女刑事がたまに見せてくれる拳銃とはまた違う。見たことのない色とフォルムの銃だった。

「まだ完成品ではないけどね」

月華《げつか》は振り返ることなくそう返事をする。

「本当はもっと銃身が長いのがいいんだ」

その方が格好《かっこ》いいから、とそう言って。

ドレスの胸元からなにかを取り出したクローネの右腕を、構えた銃で狙い撃った。

「ッ！　アァァ！」

銃弾は右肩を掠《かす》め、クローネは痛みを堪《こら》えるように唸《うな》りを上げる。

だが、それは俺たちの勝利を意味しなかった。銃声とほぼ同時に――ドンッと、身体《からだ》が浮くような大きな爆発音が鳴った。地震のように床が揺れ、やがて広間の右側の壁が内側に向かって吹き飛んできた。そうしてなだれ込んできたのは黒煙と炎。

クローネが撃たれる直前に手にしていたのは爆弾の起爆装置――その餌食となった隣の部屋から火の手が迫ってくる。黒煙は目に染み、息を吸おうとするだけで喉が焼けそうになるほど空気そのものが熱を帯びていた。

「――っ、大人しく投降して。命まで取るつもりはない」

焦る月華が見つめる先で、炎がクローネの周囲を包み始める。だがその燃え盛る炎は、月華の物理的な接触からクローネの身を守る盾にもなっていた。

「これで、いいと思う?」

炎の中で、女が喋《しゃべ》った。

揺らめく火を映した瞳は、遠くで尻餅をついたままの俺を見ていた。

「君塚君彦《きみづかきみひこ》。ダニー・ブライアントを止められるのは今、あなたしかいない」

自分を包み込もうとする炎も、月華から向けられた銃口も、それらすべてが目に入っていないかのようにクローネの双眸《そうぼう》はただ俺だけに向けられ、ゆえに彼女の言葉は俺に……この君塚君彦の心にだけ侵入を許す。

「ワタシが今日ここですべての事情をあなたに話したのは、ある真実を伝えるため——ダニー・ブライアントが隠していた『秘密』とは、本来決して人の目に晒《さら》されてはならないもの。ワタシたち自警団は、それを防ぐために彼と戦い続けていた」

「なにを、言っている……?」

確かに俺は、ダニーがどんな「秘密」を隠して逃げていたのかは知らないままだ。

そしてクローネはその「秘密」を抱えたダニーを最大の敵と見做《みな》し、追い続けていた。

では、ダニーが隠していた「秘密」とは一体——

「ダニー・ブライアントは、ギフテッドや家庭に事情のある子どもたちをこの施設に保護していたわけではない。本当は、親の了承も得ずにただ誘拐をしていた」

「少年、聞く必要はない！」

刹那、銃声が鳴った。

だが銃弾は揺らめく陽炎《かげろう》によって狙いを外した。

「君塚《きみづか》君彦《きみひこ》、あなたにも心当たりはない？　ダニー・ブライアントの、子どもに対する異常なまでの執着心に」

クローネに言われて、あの男の過去を思い出す。いつも冷静で泰然としていたダニー・ブライアントも、稀《まれ》に感情を乱すことがあった。

それは決まって「子ども」が家庭の不和に遭っている時だった。親を選べない、にもかかわらず親しか頼ることのできない「彼ら」に心の底から同情し、普段は見せない怒りとあるいは憂いの横顔を俺にも晒《さら》していた。

「ダニー・ブライアントの子どもに対するねじれた愛はやがて、自分しか彼らを守れないという考えに変化していったの」

なぜダニーがそこまで見ず知らずの子どもらにも心を配り、あまつさえ執着するのか。それはクローネも言っていた通り、他の子どもたちを死んだ一人娘の代わりのように思っていたから——

「ダニー・ブライアントが企《たくら》んでいたのはそれだけじゃない。あの男の恨みは娘を奪った……見殺しにした、自分の国家に対しても向いていた。彼は当時の事件を担当した警察官や検事の家族構成を調べ上げ、その子どもたちを次の誘拐のターゲットに選んでいた」

「……まさか、ダニーがやろうとしていたことは」

ダニーはある殺人鬼を捕まえ、その結果逆恨みを買って一人娘を殺された。もしもダニーがその復讐《ふくしゅう》を考えていたとしたら。

しかしその犯人は、クローネが言うにはすでに死んでいる。であれば復讐のターゲットは、犯人に適切な罰を与えなかった国家しか残されていない。そしてその復讐の手段はもしかすると――

「そう。ダニー・ブライアントは、罪なき子どもたちの誘拐とその先を考えていた。ワタシたち自警団は、ダニー・ブライアントのそんな計画を止めるために存在する必要悪だった」

そう言ってクローネは、一年前にダニー・ブライアントを死まで追い詰めたことは正当なものだったと主張する。だから彼女は一貫してダークヒーローと名乗っていたのだ。同じ悪として、更なる巨悪《ヴィラン》を討つ必要があったのだと。

「少年、聞く必要はない！」

再び月華《げっか》が叫ぶ。叫ぶが、その声は意味のある言葉として俺の頭に入ってこない。気付けば俺は、クローネの言葉だけに耳を傾けていた。

「この怪人二十面相は、ダニー・ブライアントが世界のどこかに残した、ギフテッドたちの居場所を記したリストを探していた。だから彼の死後、その『秘密』を追ってあなたに接触した。すべてはそのリストに至る鍵を手に入れるために」

ああ、そうだ。いつだったか、月華《げつか》は言っていた。

自分はある目的のためにダニーを……彼が残した足跡を辿《たど》る仕事をしていると。

「怪人二十面相の狙いは恐らく、特殊な才能や技術を持つ子どもたちを見つけ出すこと。彼らは使い方次第で、いくらでもお金になる」

どんな世界的な名画も完璧に模倣できる少女や、量子コンピュータをも凌《しの》ぐ頭脳を持った少年。この施設には、そしてまだ見ぬ世界にも、そういった子どもたちが沢山いる。月華はそんな少年少女を探すために、ダニーの足跡を辿っていたのか？

……そうだ、月華は誰かに雇われてダニーを追っていた。やはりその目的は――

「――――！　――――！」

月華が振り返り、なにかを必死に喋《しゃべ》っている。

だがなぜだろう、その声は耳に、心に届かない。

どうせそれは偽物の言葉だと、そう感じてしまう。

それはきっと、彼女がいまだ俺に本当の姿を見せていないから。

そうだ、俺は月華のことをなにも知らない。本名も、素顔も、俺に近づいた本当の目的も。俺はずっと、怪人の言葉に惑わされてきたのだろうか。

——だが、今はそれよりもダニーのことだ。

「……っ、なぜダニーがそんな誘拐を企《たくら》む？　あいつは、なによりも子どもを大切に思っていたはずじゃないのか？」

それなのにどうして、罪のない子どもに復讐《ふくしゅう》の矛先を向けてしまう？　亡くなった一人娘と同じぐらい、家族として愛していたはずでは。

「愛はね、時に歪《ゆが》むの」

クローネの声が、再び耳にまとわりつく。

「ダニー・ブライアントは愛した一人娘を失い、その彼女のために生き方を変えた。そうしているうちに彼の中では、愛と死がいつの間にか混然とし始めていた。なにが目的でなにが手段か、それを見失っていたのかもしれない。でもダニー・ブライアントにとってみれば、愛すべき子どもらを自分の手で穢《けが》すことに、なんの矛盾もなかったのかもしれない」

あなたも似た矛盾を経験したんじゃないの、とクローネは俺の深層心理に問う。

「ダニー・ブライアントのことを父のように慕いつつも、恨みを抱いたことはない？　なぜ自分を見てくれないのか、と。なぜ自分だけは家族の一員になれないのか、と。なぜ自分を置いて死んでしまったのか、と」

ねえ少年、と。いつか誰だったかが呼んでいたように、クローネが俺の耳元で囁《ささや》く。そこに彼女はいないはずなのに。

「君の、ジャケットの内ポケットにそれは入っている」

柔らかなその声は魔法のように、すっと耳に、心に、侵入してくる。燃え盛る炎の中にいるはずのクローネの声に、気付けば俺は身も心も包み込まれていた。

「そのポケットに入っている起爆装置。それですべてを終わらせることができるわ」

クローネが敵であり、悪であることは分かっている。その事実そのものに変わりはない。だけどクローネは、自分が悪であることを誰より自覚した上で一年前の事件を引き起こし、今もこうして俺たちに立ちはだかっている。すべては、更なる悪であるダニー・ブライアントの計画を止めるために。

「すでにこの施設にいる子どもたちは、別の場所に移してある。だから爆発が起きたとしても失われるのは、ここにいるワタシたちの命と、ダニー・ブライアントが残した『秘密』に至る地図だけ」

内ポケットには硬い感触がある。起爆装置を俺にも与えていたのは、自分の身に不測の事態が起きた時の保険か。

今これを起爆すれば、金庫もろとも俺たち三人は吹き飛ぶ。そうすれば『秘密』へ至る地図も、『秘密』を悪用しようとしていた者もいなくなり、罪のない子どもたちは護《まも》られるだろう。

無論、クローネが自らの手で『秘密』それ自体を処分することは叶《かな》わなくなり、いつかまた月華《げっか》と同じような人種がそれを探しに現れるかもしれない。それでも、いつかの事態を考えるよりも、今は——

「お前は死んでいいのか？」

「ええ、それが正義の味方《ダークヒーロー》の務めだから」

幻想のクローネが、そっと俺の手に優しく触れる。同じ敵を共に倒そうと。

気付けば俺の指先はもう、爆弾のスイッチに触れていた。

「君はあの男に裏切られた。あの男の家族に入れてもらえなかった。悔しいね、悲しいね」

震える俺の指先を見たクローネが、心から同情するように涙を流した。

「君はダニー・ブライアントの息子になれなかった。でも、そんな縁を結べなかった君だからこそ果たせる使命もある」

ああ、そうか。もうこの世にはいないダニー・ブライアント。

その遺志を継ぐのではなく、断ち切る。仇《かたき》を討つのではない。

真に俺が倒すべきは、ダニー・ブライアントという亡霊——

「そう、それが唯一、君が紡げるダニー・ブライアントとの縁——因縁。この爆弾のスイッチを押すことは、君に許されたあの亡霊に対する最後の反逆だ」

ダニー・ブライアントが残したものを俺がこの手で壊す。正義だとか悪だとか、そんなことは関係ない。たとえこの爆弾のスイッチを押すことが悪だとしても、悪になることを俺は恐れない。

昔からそうだった。殺人犯になることも、世界の敵になることだって怖《こわ》くはない。俺は今このスイッチを押すことであの男が残そうとしたものを、この家もろとも壊す。それができるのは、あいつの家族じゃなかった俺だけだ。だったら、俺は——

「——私には、人の感情のことはよく分からない」

クローネではないその声が急に聞こえるようになったのは恐らく、銃弾によって窓ガラスが破られた音が原因だった。真っ暗だった視界が開けた気がして前を向くと、そこには月華《げっか》がこちらを向いて立っていた。

「だから私が語るのは、客観的事実に基づく仮説だけ」

右手には拳銃。そして月華は銃を握っていないもう一方の手で、おもむろに懐からUSBメモリを取り出した。

「それは……ッ！」

月華の向こう。炎の渦に取り囲まれたクローネが叫んだ。

優しく抱き締められているように感じていたのは、詐欺師の見せた甘い幻想だった。

「そう、これこそダニー・ブライアントがブラックボックスに隠していたもの」

ここに来る前に金庫の鍵は開けさせてもらった、と月華はクローネの方を振り向いて言う。

「……あの金庫を開けた？　月華が？」

まだ混乱が完全に解けていない中、俺はうわごとのように訊《き》いた。

月華がどうやって？　本物の鍵は一体どこに？

「君のアパートの鍵だったよ」

月華は俺に背を向けたまま軽い調子で言った。

「まあ、正確に言えばスペアキーに近いものかな。私が初めて君に会うために使った鍵。ある確信があってそれを使ってみたら、やっぱり開いたよ」

やっぱり、ってなんだ。どういうことだ。

月華には一体なにが見えている？　なにに気付いている？

……心臓が高鳴る。それは不安によるものか、それとも。

「つまり、ダニー・ブライアントは最初からこの日が来るのを待っていた」

月華は「分かる？」と言って振り返る。

「一年前、彼は近く訪れる死を覚悟した。でもそれと同時に、いつか自分の死の真相を追う存在が現れることも確信していた。そしてその人物は必ず、君塚君彦《きみづかきみひこ》と接触する。それによって自分の死後、鬱々として生きているであろう君塚君彦は再び生きる目的を取り戻すはず――ダニー・ブライアントはそうなることをすべて読んでいた」

それは、つまり。

俺が心の中で呟《つぶや》いたことを、月華《げっか》は迷いなく口にする。

「君が前を向いて歩き始めたその時に、このパンドラの箱は開くように仕向けられていた」

ねえ、少年と。

今度こそ月華が、俺にそう呼びかける。

「そんな信頼をあなたに置いていた彼の遺志を、誤った解釈で穢《けが》すことは許さないよ」

そうして部屋を包む炎をものともせず。

月華は凛《りん》と立ち、俺に問う。問いただす。

「ダニー・ブライアントは、本当に子どもたちを復讐《ふくしゅう》の道具にするような人間だったと思う？」

怪人二十面相こと、白銀《しろがね》月華はこう言った。

自分は人の感情が分からないと、ゆえに客観的な事実のみによって仮説を立てると。

同じだ。俺も彼女と同じだった。

人の感情が分からない。愛情を教えてくれる存在が、いなかったから。

でも、ないものねだりをしても仕方がない。だから俺も月華と同じだった。見たくないものを見なくて済む、気付きたくないものに気付かずに済む、そしてそんな自分を悟られることすらない、透明の仮面を被《かぶ》っていた。

だけど、その仮面にはいつの間にかヒビが入っていたのだろう。だから俺は月華と初めて会ったあの時も、子を思う親の愛情というものが知りたくて、捕まる前に娘に最後に一目会いたいと願う父親の罪を被った。

そうすることで、ダニー・ブライアントの真意に……子を思う親の心というものに、少しでも近づける気がして。

「——寄越《よこ》せ」

するとその時、燃え盛る炎の向こうより蠢《うごめ》く影があった。

修羅のような形相に変貌したクローネが、不意を突いて月華を床に押し倒す。その手には、月華が傭兵《ようへい》のフリをして最初に持っていた斧《おの》が握られていた。

「——ッ！　やっぱり、金庫の中身まで燃やすつもりはなかったんだ」

月華は組み伏せられながらも「私と少年だけ爆殺するつもりだった？」とクローネを問い詰める。さっき、もしも俺が渡されていたあのスイッチを押していたら……。

「少年！」

月華が叫び、次の瞬間、彼女が投げたＵＳＢメモリが俺の足下に滑ってきた。

「よく聞いて、少年！　詐欺師の甘言に騙されないで！　君も私と同じなら、せめて確かに存在した事実をもって、ダニーという一人の人間を見て！」

斧《おの》を振り下ろそうとしてくるクローネを、必死に押《お》し止《とど》めながら月華《げっか》は叫ぶ。

「君は彼のなにを見た！　君が知っているダニー・ブライアントとはどんな男だった！

君は彼と、どんな仕事を成し遂げた！」

俺が、ダニーとどんな仕事をしていたか。

たとえば思い出すのはダニーの指示を受けて、リストに記載されている家にひたすら電話を掛けること。そして。

「その家の子どもを、遊びに誘うこと」

無論、家の人には怪訝《けげん》な態度を取られた。当然だ、俺はその家の子のことを本当は知らないのだ。でも。

「今の君なら、その指示の意図が分かるでしょ！」

ああ、そうだ——ダニーは子どもたちを守っていたんだ。

虐待など家庭の不和に曝《さら》されている子どもたちに、味方がいることを暗に伝えていた。

そしてちゃんと見ている人間がいるということを親に分からせ、それ以上の問題が起きないよう抑止力となっていた。

『未来ある子どもの命はすべてに優先される』

それもかつてダニー・ブライアント自身が言っていたことだ。

そう言いながら彼は、見ず知らずの子どもを助けるために、家庭内不和が起こっている家に自ら出向いていた。

未来ある子ども——そういえば、その台詞《せりふ》を言いながら俺にも笑みを浮かべていたんだったか。いや、今は、それはいい。勘違いだったとしても構わない。ただ一つ確かで、大切なことは、ダニー・ブライアントはその身を挺《てい》して子どもたちを救ってきたという揺るがない事実。

そういった彼の振る舞いはきっと己の後悔ゆえ。ダニーがかつて言っていた「子には親しかいない」という本当の意味——あれは自戒だったのだ。

自分《おや》しかいなかったのに、娘を守ってあげられなかった。

自分のせいで死なせてしまった。

かつてダニーが時折見せていた遠い目の先にあったのは鏡。

そこに映っていたのは己の過去。

「ああ、あんたはそういう男だった」

心の父だとか、師匠だとか、肩書きなんてなんでもいい。

ダニー・ブライアントという一人の人間が、過去を悔い、生き方は変えず、世界中の子を我が娘のように愛し——今度こそ守り切って、死んでいった。

いた。

だったら。

「今度こそ、これが俺の答えだ」

俺の声にクローネが振り向き、目的のブツが俺の手に握られていることにようやく気付いた。

だがその時にはもう遅い。

俺は手の中のUSBメモリを、特に勢いよく燃え盛る炎の渦を目掛けて投げ捨てた。

「……ッ、なにをッ！」

そしてクローネが、絶望と焦りがない交ぜになった顔を炎の方へ向けた、その瞬間。

「最高の仕事だよ、少年」

ふと、今度こそ確かなぬくもりが俺を包んだ。

誰かに抱き締められるというのはこういう感覚なのか。

月華《げっか》が、薬の影響で動けない俺を腕の中に抱きかかえる。

「恥ずかしい？」

月華はそう尋ねながら、炎で包まれる部屋を窓に向かって走る。

確かに、見ようによってはお姫様抱っこのようになっているか。

だが、この状況で格好《かっこ》付けても仕方がない。

「いや、別に。それに——」

そうして間もなく、月華が俺を抱きかかえたまま、割れた窓から身を投げ出す。

直後、背後で大きな爆発音が鳴り、さっきまで俺たちがいた広間は炎の海に包まれた。

それから俺たちは、さらに建物から距離を取った上で、事切れたように倒れ込んだ。

「……無事？」

寝転がった草原。隣で大の字になった月華が俺に訊《き》いた。

それに対して俺は、さっきの答えを改めて口にした。

「ああ。お姉さんに助けられるのも、悪くない」

◆五月四日　？？？

夜更け。鬱蒼《うっそう》とした森を一人の女が走っていた。

「……っ、はあ……はあ」

爆風を浴びた肌は焼《や》け爛《ただ》れ、身体中《からだじゅう》に傷や痣《あざ》が刻まれている。それでも彼女がこうして動き回ることができているのは、事前にとある薬を摂取していたおかげだった。

それは彼女の仲間である《ドラクマ》というコードネームの医者が作った劇薬。あるものを核として開発されたその薬は摂取した人間の身体機能を大きく向上させ、また傷ついた肉体の自然治癒機能を増長させる。まだ治験途中であったというその薬品を、今回の作戦を実行するに当たって摂取していたことが功を奏した。

そしてもう一つ、彼女――《クローネ》には足を止めることのできない理由もあった。

それはかろうじて爆炎から守り抜いたUSBメモリを、ある人物のもとへ届けるという使命だった。

「……っ、この中身は、まだ知られていない」

荒い呼吸で走りながら、クローネは右手の中のUSBメモリを握りしめる。その中身についての思いつきの嘘はバレてしまったものの、しかし内部データを閲覧するためのパスは厳重だと聞いている。怪人二十面相も、あの短時間でチェックはできてないはずだった。

「『秘密』は保たれた。あとはこれをあのお方に渡すだけ……」

それ以外のことはどうでもいい。頭には入らない。クローネはただ課せられた使命を果たすために、仲間が用意しているはずの車まで道なき道を走っていた。

「そんなに急いでどこへ行く？」

ふと、女の声が聞こえた。こんな夜の森の中で人と出会うはずがない。

警戒するクローネの前に、大きな木の陰からその人物は現れる。

月光に照らされた紅《あか》い人影に、しかしクローネは見覚えがなかった。

「……っ、誰だ、お前は？」

特に殺気のようなものは感じない。それでもクローネは、持っていたサバイバルナイフを左手に構えた。

「質問をしたのはこっちだ。そんな黒焦げのブツを持ってどこへ行くつもりだ？」

「……なにを言っている？」

クローネは左手に握ったナイフを見る。刃こぼれ一つしていない。このまま、あの女の喉元を掻《か》き切れば間違いなく鮮血が飛び散るはずで――

「そっちじゃない。右手の方だ」

言われてクローネは、握っていた右手を開いた。

するとそこには黒焦げのなにかが握られている。

それらはやがて、サラサラと風に吹かれて消えていく。

「――あ、れ？」

奪い取ったと思っていたはずのＵＳＢメモリは、すでに炎で燃やし尽くされた後だった。

「哀れだな。すでに薬の副作用で幻覚も出ているか」

紅髪の女がなにかを言っている。

だがその言葉の意味がすでにクローネには理解できなくなっていた。

自分はなぜここにいるのか。なにと戦って、なにを欲して、そして――

「なあ、クローネ。お前、誰の指示でダニー・ブライアントを殺した？」

そう、誰かに。一年前、ダニー・ブライアントの殺害を依頼され、自分はその仕事を引き受けた気がする——クローネはそれを思い出し、しかしその依頼主が誰だったのかを思い出せるだけの思考力は残っていなかった。

「ワタシたちは、本物に、なれるはずだった」

ただ唯一、その心残りだけがクローネを支配する。

この仕事を完遂できたその日には、本物の正義になれるはずだったのに、と。

それを聞いて紅《あか》い髪の女は「ワタシたち、か」と呟《つぶや》きながら、こんな時にもかかわらず煙草《たばこ》に火をつける。

「暗黒街で育ったお前を含め、それぞれの事情で世界を恨み、そんな世界を変えようと集った、悪の自警団」

その言葉を受けて、クローネは過去を回想する。

食べるものもなく、生きていく手段は盗みと騙ししかなかった幼少期。それでも……いつだったか、誰が描いたのか、ある日突然街の壁面に現れたストリートアートの美しさだけは覚えていた。

その後なにがあって、誰と出会って。再び世界を恨んで、そんな世界を変えようと同志と集ったのか、それは思い出せない。みんなはどうなったんだっけ、とクローネは意味もなく空を仰ぎ見る。

「ダニー・ブライアントの娘を殺したお前の仲間《ルーブル》は五年前、ある男に鎌で切り裂かれて殺された」

その刑を実行したのは《執行人》だと紅髪の女は言う。

なんでも、表の世界で裁けない罪人を処刑することがその《執行人》とやらの仕事らしい。自分たちと似た組織があるのだなとクローネは嗤《わら》った。

「傭兵《ようへい》《バーツ》も怪人二十面相に……いや、《名探偵》に敗北した」

どうやらあの怪人も、その組織の一員だったらしい。であれば、自分たちと似た組織どころではない、完全な上位互換だとクローネは悟る。

そしてクローネは、それだと思った。

自分は、そんな本物の強さを持った存在になりたかったのだ。

……なりたかった、のに。

どこでなにを間違えたのか、それを省みるにはあまりに犯した間違いが多すぎた。

「《ダラー》と《レアル》は無事かしら」

ふと残る仲間の名がクローネの口をついて出た。

「そいつらが《世界の危機》を導く存在であれば、いつかまた誰かが対応するだろう」

それに対して紅髪の女は素気《すげ》なく返答し、白い煙を吐き出す。

「そう。それで？　あなたは、ワタシを殺しに来たの？」

薬が良い方向にも働いてきたのか、クローネは身体《からだ》が軽くなったことを自覚した。それはもしかすると反対に死が近いことを意味していたのかもしれなかったが、今のクローネにとっては些細《ささい》な問題だった。

「いや、アタシはお前を殺せない」

殺さないわけではない、と女は言った。

それが《暗殺者》の掟《おきて》で、《執行人》との違いでもあるのだと。

「アタシは罪人を殺せない。アタシが殺すのは罪のない人間だけだ」

罪のない人間を殺すことによってのみ、世界の平和が保たれる。そういうケースがこの世界には存在する。それを請け負うのが自分なのだと、暗殺者は語った。

「悪魔」

クローネはそう言って薄く笑った。

自分が必要悪なら、この女は絶対悪とでも呼ぶべきだ。けれどその覚悟の違いこそが、彼女を本物たらしめているのだろうとクローネは思った。

「それで構わない」

暗殺者は煙草《たばこ》の火を手持ちの灰皿で消すと、クローネにこう告げる。

「だから、これまで無限の罪を犯したお前の介錯《かいしゃく》をアタシは務めることができない」

その時だった。

クローネの背中越しに、きー、くる、くる、と不思議な音が鳴った。

振り返ると、闇の中に浮かび上がるもう一つの影が目に入った。

「あなたは、確か……」

その車椅子に乗った人物は以前、クローネが太陽の家を訪れた際に案内を受けた老人だった。名前は、なんだっただろうか。

「お前が知っているのはどっちだ？」

ここに彼がいることは今日まで知らなかったが、と暗殺者は前置きを述べた上でこう続ける。

「子どもたちを愛する優しい老父――ジキル。そんな子どもたちを守るためなら悪鬼にもなる――ハイド。お前が知っているのは、どっちの顔だった？」

虚《うつ》ろな目をしたクローネの瞳には、まさに今ゆっくりと車椅子から立ち上がる老人の姿が映る。白目を剥《む》いた老人は、杖《つえ》に見立てた仕込み刀を構えていた。

それを見て暗殺者は「案ずるな」とクローネに伝える。

「痛みを感じる時間などありはしないだろう。その太刀は、元《剣豪》による一撃だ」

そうして一年前にやり残した仕事の結末を見届けに来た暗殺者は、最後の一手をかつての同志に託して背を向けた。

だが闇夜に溶けて消える前、彼女はクローネにこう訊《き》いた。

「詐欺師のようだったお前が、最後に騙《だま》される側に回った気分はどうだ?」

それはクローネにとって、自分の人生を振り返る最期の問いだった。

「ええ、最高の気分よ」

◆五月五日　シエスタ

あれから二日が経《た》った。《情報屋》ブルーノ・ベルモンドから聞いた、正義を自称するある自警団との戦い。傭兵《ようへい》の男《バーツ》を捕えた後、詐欺師の女《クローネ》を少年Kと共にどうにか討ち払った私はその後、まだ太陽の家に身を置いていた。

結局、施設は全焼を免れ、子どもたちもみな無事だった。ただ唯一、施設長ジキルだけが近くの森で倒れた状態で発見されたらしい。目立った外傷はないものの、今も施設のベッドで眠り続けている。もしかすると、自警団の残りのメンバーによる襲撃を受けたのだろうか。早い回復を祈りたい。

しかしながら、これでひとまず一連の事件に片は付いた。私たちを狙った敵の脅威は一旦消え去り、今さら再び太陽の家の子どもたちに魔の手が伸びることはないだろう。

それでも私にはまだあと一つ、果たさなければならない仕事があった。太陽の家の近くの草原。私はそばに誰も人がいないことを確認して、ある人物からの電話を受けていた。

『お疲れ様でした。コードネーム——シエスタ』

電話の相手は《連邦政府》高官の一人、アイスドール。ダニー・ブライアントにまつわる調査を私に依頼した張本人だった。

一連の事件が片付いた今、私は調査内容をレポートとして彼女に電子メールで送っていたのだが、どうやらそのことで連絡を寄越《よこ》して来たらしい。

「疲れていることを察してもらえるなら、電話はご遠慮願いたかったんだけど」

そのためにメールで仕事を済ませたつもりだったんだけれど。

人と会話をするのにも体力を使う。それに相手が上の人間なら尚更《なおさら》だ。

『ええ、悪いとは思いましたが、どうやら記入漏れがあったようなのでその確認をと思いましてね』

するとアイスドールは至極真面目に、だけど、どこか惚《とぼ》けたようにも聞こえる口調でそう言った。

「記入漏れ？　あなたたちが知りたかったダニー・ブライアントの行方については具体的に記載したつもりだったけれど」

そっちが惚《とぼ》けるなら私も、とお返しをする。

『そうですね。残念ながらダニー・ブライアントは一年前にすでに死んでいた、と。その背景についても、信憑性《しんぴょうせい》のある仮説と共に詳細に語られていました。その点についてはあなたの仕事ぶりに感謝します』

ですが、とアイスドールは、わざわざこうして電話を掛けてきた理由を語る。

『ダニー・ブライアントが児童養護施設に残したという金庫の中身が書かれていない』

ああ、やはりそれかと思った。

とは言え、金庫の中身はUSBメモリであり、しかしクローネとの交戦中に誤って焼失させてしまったという旨はレポートに記載していた。それもこれも少年Kが炎の中に投げ捨ててしまったのが全部悪い。私はなにも悪くないのだ、と。

「すみません、まさかあなた方がそんなにもUSBメモリのデータを重要視されているとは思わなかったもので」

私がそう謝罪の言葉を口にするとアイスドールは押し黙った。

まるでダニー・ブライアントの死それ自体はすでに確信していて──本当は彼が残したUSBメモリの内部データにこそ用があったのではないか、なんて。そんなことはありませんよね、と私は再度尋ねる。

『ダニー・ブライアントは我々《連邦政府》直下のスパイとして、あまりに多くの情報を知りすぎていた。ゆえに、そんな彼の持ち出した機密情報が外部に漏れていないか、それを危惧していたに過ぎません』

するとアイスドールは私の問いをそんな正論で躱《かわ》す。

「よほど世間に知れ渡るとマズイ情報が、あのUSBメモリに入っていたと？」

『……随分と強気なのですね、名探偵』

アイスドールの声のトーンが、氷のように冷たくなった。

『なにか、私どもに不信感でも？』

「いえ。――ただ」

この先を言うかどうか、少しだけ迷った。

迷った上で、言わねばならないと思った。

「ダニー・ブライアントは、あなた方ミゾエフ連邦が保持する《虚空歴録《アカシックレコード》》にまつわる調査をしていたのではないか、というのは私の考えすぎでしょうか」

そしてその調査結果があのUSBメモリに書き込まれていると、アイスドールは誤解していたのではないか。少なくとも、特別な才能や能力を持つ子どもたちのリスト――なんて、そんな生易《なまやさ》しいものが「秘密」の正体であったはずはない。あれは、クローネが少年

Kを欺くためについた嘘《うそ》に過ぎないだろう。

一方《虚空歴録《アカシックレコード》》だけは、決して外部に漏れてはならないこの世界の秘密そのもの。だからこそ政府の人間は躍起になって、《調律者》である私を今回の調査に乗り出させたのではないだろうか。私はそんな疑問をアイスドールにぶつけた。


『《虚空歴録》にまつわる問いに対する回答権を、アイスドールは保持しておりません』


まるで合成音声が流れたのかと思った。

しかしそれは間違いなくアイスドール自身の声ではある。ただどこまでも冷たく、そして無機質に、自らを第三者の立場に置き、私の問いへの回答を拒否した。

肯定するわけでも否定するわけでもなく、問い自体を聞き入れないと。聞き入れる権利を有していないのだと、そうアイスドールは言っているのだ。

であれば、その権利を彼女から奪っているのは一体誰なのか。きっとその問いも受け付けてはもらえないのだろう。

「じゃあ、これならどう？」

恐らく《虚空歴録》そのものに関わる問いでなければ大丈夫なはず。

そう考えて私はもう一つ、どうしても確認しておきたいことをアイスドールに尋ねた。

「ダニー・ブライアントが先代《名探偵》であった事実を私に伝えなかったことに、なにか意図はある？」

それは誰かに聞いたわけではない、ただの私の直感だ。それでも幾つか根拠はある。

まずアイスドールが、それが本来の使命ではないはずの私や風靡《ふうび》を駆り出してダニーを捜索させた理由は、やはり《虚空歴録》クラスの絶対的タブーな情報を彼が保持してしまったから以外に考えられない。けれど、ただの一スパイにそんなことが可能だったとは思えない。《虚空歴録》にアクセスできる可能性のある人物と言えば、やはり《調律者》レベルの存在だろう。

それを踏まえてダニー・ブライアントが《名探偵》であったと仮定することで、納得できる事実がある。たとえばきっと偶然ではなく日本にいたブルーノさんが私の願いを聞いてくれたこと。その本当の理由は、かつての《名探偵》になにか言付けをされていたことではないだろうか。そして、ダニー・ブライアントが残した金庫を開けた最後の鍵――あれは、代々の《名探偵》が受け継ぐものとして《発明家》に託されたものであるという事実も、やはり傍証になるだろう。

そして私が《名探偵》に就任したのはおよそ一年前。では私の前に《名探偵》を務めていた人間がいたとすれば、それは誰なのか。たとえば同じく一年前に死んだとある私立探偵が先代の座に就いていたと考えるのは、そんなにおかしなことだろうか。

『恐らく、あなたが今考えている通りの真相で間違いありませんよ』

するとアイスドールは元の声音に戻り、言外にダニー・ブライアントの正体を認めた。

そして続いて、彼が先代《名探偵》であったことを隠していた理由をこう説明した。

『あなたの前に《名探偵》を務めた者が殉職をしたかもしれないとあっては、あなたも気が悪いかと思っただけのことです』

なるほど、それは上手い理由だなと思った。

「そう。気を遣ってくれてありがとう」

私は思ってもいない謝意を伝えた。思ってもいないことを言うのは得意だった。

「でも、その心配は必要ない。私は死なないから」

死ぬことは怖《こわ》くないから、と言っても良かったのかもしれない。

しかしそれはなんだか、蛮勇だけが取り柄の子どもに見えるような気もして、やっぱり私はただ「死なないから」とだけ告げた。

そして、その目的を達成するために、私は――

「これから、仲間を作る予定なの」

その仲間が誰かなんて言うまでもない。そしてもちろん、そんな私の自分勝手な都合に彼が巻き込まれてくれるかどうかは分からない。少なくとも今では……今すぐではない。

彼にも時間が必要だ。だから私はその時を待つ。そしてもしもその時が来なかったら、それはそれで構わない。これは私の物語、私が始めた冒険譚《ぼうけんたん》。そこに彼を巻き込むことは、やはり私の本意ではない。

だけど一つだけ確かなことがある。それは、今は亡きとある探偵が明確な意思を持って、私と少年Kを出会わせたということだった。

ダニー・ブライアントは、自分が万が一《虚空歴録《アカシックレコード》》の秘密を握ったまま死んだ時、《連邦政府》がそれを決して見逃さないことを知っていた。そして間違いなく政府は、自分が残した秘密を回収するべく、《調律者》を派遣するはず——またその役目を担うのは、自分に代わって新たに就任する《名探偵》になる可能性が高いと推理した。そうしてその新任の《名探偵》は、自分が日本で最も目を掛けていた君塚君彦《きみづかきみひこ》に接触するはずだと、ダニー・ブライアントはそう考えた。

ではその新任の《名探偵》である私と少年Kを出会わせて、ダニー・ブライアントは一体どうしたかったのか。それは、彼が少年Kのあの資質を見抜いていたと仮定すると答えが出る。すなわち、少年Kが持つある特別な素質——彼自身は《巻き込まれ体質》と評していた《特異点《シンギュラリティ》》という資質をダニー・ブライアントは誰より早く見抜き、自らの手元に置くことで少年Kを保護していた。そしてその使命を、一年越しに後任である私に託したのだ。

ダニー・ブライアントは《巫女《みこ》》のように未来は視《み》えない。《情報屋》のように全知ではない。きっと《吸血鬼》のような武力も持たない。でもかの《名探偵》は、自らの死をも見越し、これから世界が辿《たど》るあらゆる可能性を読み切る頭脳を持っていたのだ。

そうして、そんな古き探偵の使命は今、確かに私に受け継がれた。偶然なんていう単純な言葉では片付けてはならない大きな力によって——偉大なる探偵に導かれて、私と少年Kの運命は確かに交差したのだ。だから。

「私は仲間と共に、いつかそこに辿り着く」

探偵はもう、死んでいる。

だけどその遺志は、決して死なない。

私はそれを背負って、これからも生きていく。

『仲間、ですか』

すると私の宣誓を聞いて、アイスドールは薄く笑った。

確かに、よくよく考えるとこっちの方が随分と子どもっぽいかもしれない。

——でもね。

「知ってる？　世界を救うような物語の主人公は、いつだって少年少女だと相場は決まってるんだよ」

◆五月五日　君塚君彦《きみづかきみひこ》

いつかも訪れた岬の崖上で、さっきから俺はもう三十分以上佇《たたず》んでいた。なにをするわけでもなく、ただ波が岩とぶつかる音を聞いているだけ。それでも俺にとっては、この場にいることそれ自体に意味があった。

俺の傍ら、眼下の海を望むように立てられたのは白い十字架。そして地面には沢山の花が並べられている。それは、施設の子どもたちの手で作られたダニー・ブライアントの墓だった。俺は特に祈るでもなく、誰に話しかけるでもなく、ただその場に立ち風に吹かれる。

――ダニー・ブライアント。三年前に突如俺の前に現れては親戚を名乗り、心の父だと自称し、果ては師匠だと言い張り、それから二年間を共に過ごすことになった謎多き流浪人。ずっと一緒だったわけではない。むしろあのアパートに帰ってくる日の方が少なかった。

だからというわけでもないが、あの男からなにを貰《もら》っただとか、与えられただとか、そういう思い出はあまりない。ダニーがよく語っていた哲学めいた雑談に心から得心がいったことは少ないし、結局彼が最後まで貫き通した生き方や死に様が本当に正しかったのか、それも俺には分からない。判断を下す立場にもない。

ただ、それでも俺はここにいた。ダニーが本当のところなにを成して、どんな秘密を抱えて死んでいったのか、そのすべてを知る術《すべ》は最早《もはや》ない。それでも俺は、あの男が最後に見た景色に思いを馳《は》せながら、どうしようもなくここにいた。

「なにをしてるの、少年」

そんな俺の背中に、一つの声が投げかけられた。

月華《げっか》だ。俺は振り返ることなくこう答える。

「あいつはこんな風に笑うんだったかなと思ってな」

白い十字架の近くには、花だけではなくキャンバスが立てかけられている。そこにはグレーテによるダニーの肖像画が描かれていた。

「雨が降る前に仕舞《しま》わないとね」

月華に言われて初めて気付いた。

空は曇天。今にも雨が降り出しそうだった。

「これで良かったんだよな、って言ったらなんて慰めてくれる？」

わざわざここに来たということは、少しぐらいお喋《しゃべ》りに付き合ってくれるのだろう。俺は軽い調子でそう尋ねる。

「これしかなかったんだよ、じゃ納得できないよね」

どうやら少しいじわるな質問をしてしまったらしい。振り返ると、月華《げっか》は気まずげに視線を足下に落としていた。

そう。ダニー・ブライアントの死はもう取り返しがつかない。いくらそれを言葉で取り繕おうと、起きてしまった事実は変わらないのだ。

俺は「悪かった」と言おうとして——その時、視線を上げた月華と目が合った。

「代わりに、これを」

月華は俺に歩み寄り、持っていたスマートフォンを手渡してきた。

「あのUSBメモリに入っていた本当のデータがここにある。この前、少年が炎に投げ込んだのは、実は私が用意した偽物でね」

映像ファイルが入っていた、と月華は本物のUSBメモリの中身を語る。

「……俺が見ていいものなのか？」

これは、ダニーが隠していたという「秘密」に至る地図ではなかったのか？　先日クローネが語っていたことは嘘《うそ》だったとしても、ダニーがなにか「秘密」を抱いて敵から逃げていたことは確かだ。それと金庫の中身は無関係だったということか？

「うん。そしてこれは君だからこそ見ていいものだよ」

月華は、俺に渡したのはいくつもあったデータのうちの一つだと言う。

それらの映像ファイルはすべて太陽の家の子たち一人一人に向けられたものであり、その中に俺宛てのものも残されていたらしい。

俺は少しだけ逡巡《しゅんじゅん》し、再生ボタンをタップする。と、横向きの画面には、どこかの部屋のソファに座ったダニー・ブライアントが現れた。


『よお、久しぶりだなあ。見えてるか？』


ホームビデオ風のその映像。

しかしその温かい雰囲気は、次の瞬間に雲散霧消する。

『感動的なビデオレターを期待しているそこのお前、今すぐその期待は捨てろ』

……ああ、このちょうどよくムカつく感じ。いかにもあの男らしい。

あんたに感動する言葉なんて期待しちゃいないと言いたいが、伝わらないのが残念だ。

『まず最初に言っておく。おれがお前に残すものなんて、財産を含めてなに一つねえ』

その口ぶりは、すでに自分に訪れる最期を覚悟した上で、代わりにこのビデオを残しておくと言わんばかりだった。ただ、その内容は辛辣だ。

『逆もそうだ、お前がおれにできることはなにもねえ。生きている者が死者にしてやれることなんて、塵《ちり》の一つも残ってねえんだ』

その残酷な言葉に一瞬胸が詰まって、だけどそれは正しいとすぐに思い直す。

俺たちは死者に向けて花を手向ける。天に向かって話しかける。彼は、彼女は、心の中で生きているからと自分に言い聞かせて、前を向いて歩き出す。

でも、そう。それらは結局のところ死者のためではなく、自分の心を納得させるためなのかもしれない。ゆえに、残された俺たちが本当の意味で死者に対してできることはなにもない。俺が今後、ダニーのためにできることはなにも――

『それでいいんだ』

その言葉に、自然と俯《うつむ》いていた顔が嫌でも上を向いた。

『おれは、おれがすべきことをすべて果たした。だから余計な土産は残さない。ましてやお前がおれの仇《かたき》を討つ必要もない。おれは全部やり遂げた。ゆえにお前が死者のまなざしに囚《とら》われる必要はないんだ』

ソファに座るあいつは目線を正面のカメラに向けて、柔らかく、でも確かに力強く、これを見ている俺に語りかける。

『だから本来こんな映像を残す必要すらない。どうせお前の隣には今、誰かがいる。その誰かが、これからの生き方さえも教えてくれるだろう。だがまあ、せっかく録画容量が空いていることだ。これだけは今、伝えておこう』

そうしてダニー・ブライアントは最後の言葉を語り出す。

『――家族がいないことは特別じゃない。

――友人がいないことは特別じゃない。
――一人で生きていることは、特別じゃない。
――いいか、そんなものをお前の個性にするな。
――プロフィールの一端にだって加えてやるな。
――いつか誰かに訊《き》かれた時に、ああそういえば、と思い出すぐらいでちょうどいい。
――そう、だから大事なことはたった一つ。
――お前は何者だ？』
その問いかけだけだ、とダニー・ブライアントは声に熱を乗せる。
『――それを問え。己に問い続けろ。
――お前はなにがしたくて、なにを望む？
――その望みのためになにができて、なにを失える？
――なあ、キミヒコ。
――お前は明日、なにがしたい？』
ダニー・ブライアントは最後にそう言って笑った。
キャンバスに描かれていた彼の絵は、間違いなくこの笑顔だった。
「今日、それを言うのか」

暗くなった画面に、俺は思わずそう漏らした。

五月五日。今日は俺の十四歳の誕生日だった。

「嫌な偶然だ」

そうではないと知っていて、それしか言えなかった。

俺はスマートフォンを月華《げっか》に返し、曇天の空を見上げる。

気付けば、小さな雨粒が落ち始めていた。

「あいつはやっぱりすべてに満足して、やり遂げて、そして逝ったんだ」

俺は崖の縁に近づき、大きくうねりを上げる海を見下ろす。

「でも。一人娘を失って、それから代わって恵まれない子どもたちを守る活動を始めて、その子どもたちを守るために自分が死んで——本当にそれで良かったのか？　いや、あいつは満足しているんだろう。自分の死を悔いてはいないだろう。使命を果たして、正義を貫いて、納得して死んだのかもしれない」

——だけど。

俺は軋《きし》むほど強く歯を噛《か》みしめる。

強くなる雨足にすべてを洗い流してくれと祈りながら拳を握る。

「それならせめて、あいつ以外の人間がその死を悲しんでやらないとダメだろ……っ！

あいつが後悔していないのなら、代わりに俺が後悔する……！　だって、そうだろ？　こんなのはあんまりだ、こんな結末は――」

この感情をどんな言葉で表せばいい。

このやり切れなさを、世界のままならなさを、圧倒的な無力感を。

死んだ人間は生き返らない。

残された人間にできることはなに一つとしてない。

それでも逆らうことのできないこの身を埋め尽くす濁流のような感情を、たった一つ、たった一つの言葉に集約するとすれば、それは――


「――理不尽だ……っ」


俺の腹の底から絞り出された答えは、そんなありふれた言葉だった。

雨粒が頬《ほお》を、肩を、地面を叩《たた》く。

冷たい現実は、剣のように俺の身体《からだ》を深く突き刺した。


「――バカか、君は」

だけどその時。

雨音に混じって、そんな現実を覆すような言葉が微《かす》かに聞こえたような気がした。

「死なない。死なないよ。ダニー・ブライアントは死んでなんかいない」

月華《げっか》だった。

静かに、だけど確かに熱を帯びた声が、俺の背中に向けられる。

「その遺志を受け継ぐ者がいる限り、彼は……私たちは決して死なない」

そして月華は俺に対して「ねえ、少年」と語りかけ、こう決断を問う。

「君はどう生きる？　彼の遺志を受け継いで、これから君は」

ダニー・ブライアントは娘を失い、それから世界中の子どもを守る生き方を選んだ。

じゃあ、俺は。師を失ってこれから俺は、どう生きていくのか。

「……俺は。少なくとも俺は、あいつみたいな生き方はできない。誰も彼もを助けられるような力は持っていない」

だったらどうすればいいのか。

自分のことすら分からない俺は、また懲りずに師の影を追う。

『人間、素の自分なんて分かっちゃいねえだろ。案外、本当のお前はもっと人懐っこく笑うガキかもしれねえぞ』

いつかダニーに言われたことを思い出す。

そうだ、俺は自分のことなんてなに一つ分かっていない。

じゃあせめてあんたの言う通り、これからはもう少し軽口でも叩《たた》いて笑ってみるか？

この巻き込まれ体質を背負いながら、いつまでそんな気楽な調子でいられるだろうか。

『その厄介な体質を抱えたお前が警察や探偵と戦うには、詐欺師か怪盗になるしかない』

ああ、そうも言われたんだったな。

これから先、俺が相手にするのはきっと警察や探偵だけではない。

ギャングやスパイ、胸くそが悪くなるような犯罪者や、想像もできない巨悪にも遭うだろう。だったら、俺はそんな人生をどう生きればいい？

『安心しろ。お前は必要に駆られた時に、出会うべき人間に出会い続ける。これからもずっとな』

最後は人任せでいいのか？

……いや、違うな。必要に駆られた時というのは恐らく、俺も最善を尽くしたその後のことだ。だから、いつかどんな困難に遭うとしても、その時に誰かが隣を歩いてくれるのだとしても、それまでに俺は俺がやるべきことを果たし続けなければならない。

そうだ。じゃあ、俺の生き方はもうこれしかない。あらゆる事件に巻き込まれ続ける俺は、その事件の数だけ人の怒りを、悲しみを、苦しみを共に背負うことになるだろう。その有様を一番近くで見ることになるだろう。だったら。


「せめて、この目が届く範囲の相手には手を差し伸べる。そういう人間になる」


それがこの体質を持って生まれてしまった俺の生き方だ、と。

やっぱり師の影を追って、俺はそう月華《げっか》に告げた。

「──そっか。それが聞けて、良かった」

すると月華は少しだけ微笑《ほほえ》んで、それから俺に背を向けた。

「──行くのか?」

どこに、とは訊《き》かない。だけど月華がこの場からだけでなく、もう俺の前から立ち去ろうとしていることだけは、なんとなく分かった。

「うん、次の仕事が待ってるんだ」

月華《げっか》は背を向けたまま、いつものように感情を悟らせない声音で喋《しゃべ》る。

そんな彼女に対して、俺は名残惜しさからかついこんなことを尋ねてしまう。

「俺たち、いつかまた会うことってあると思うか？」

会う約束をすることはなくとも。たとえばどこかの街を歩いていて、偶然ばったり出くわすような、そんな可能性はないのか。

「さあ、どうだろうね。世界は広いから」

月華は俺に顔は見せず、苦笑の声を零《こぼ》す。

だけど、それから。

「でも、いくら世界が広くとも、人の意思は必ずいつかどこかで交差する。私と少年が、同じ人物から同じ遺志を受け取っていたとしたら、いつか、あるいは」

そうなにかを示唆して、彼女は歩き出した。

「月華！」

立ち去ろうとする怪人二十面相を、俺はもう一度だけ呼び止めた。

「いつか、礼をする」

ありがとうと口にするのはなんだか面映《おもは》ゆく、俺は少しだけ言葉を濁す。

ただ、その代わりに。

「あんたが俺を助けてくれたように、いつか俺があんたのその仮面をぶっ壊してやる」


バレていないとでも思ったか？

自分だけ一人、大人ぶって立ち去るつもりか？

「あんたは俺と同じだ。本当の自分を他人に見せない。見せることを許さない」

そういう縛りを自分に課して、偽りの面で白銀《しろがね》月華を演じている。

彼女が被《かぶ》っているのは、怪人二十面相としての仮面だけじゃない。

月華がずっと包み隠していたのは、心に纏《まと》ったその分厚い鎧《よろい》だった。

「もう少し、待っててくれ」

その仮面を、鎧を、いつか壊すから。

だからそれまでは、お別れだ。

そうして月華は出会ってからこれまでで一番大きなため息をつくと、それでも最後に振り返って微笑《ほほえ》みと共にこう言った。

「少年のくせに、生意気だよ」

【ある少年の語り③】

「それが俺の、誕生日の思い出だ」

そうして俺はようやく、ある男にまつわる昔話を語り終えた。

五年前――ダニー・ブライアントという男と死に別れたことについて。

もう一つは四年前――ダニー・ブライアントの死の真相を知ったことについて。

それらはどちらも俺の誕生日に合わせるように起きた出来事だった。

夏凪《なつなぎ》、斎川《さいかわ》、シャルの三人は俺の話を聞き終えて、皆一様に口を閉ざした。

「悪かったな、あまり面白い話にならなくて」

毎年その日が来る度に思い出す、かつての記憶。

けれど誰に語ったこともない。語る必要もない。

そんなことをせずとも忘れない。忘れられない。

俺の耳にはダニー・ブライアントの声が残っている。死者のまなざしはいつもすぐそこで俺を見ている。一応言うが、ホラーじゃないぞ？

ただ、五月五日には思い出す。ダニー・ブライアントの言葉を。残した想《おも》いを。

だからそれは決して悲劇ではない。

死を乗り越えて、その遺志を知って、俺が前を向いた。

ゆえにこれは言うなれば、俺――君塚君彦《きみづかきみひこ》ができあがるまでの物語だ。

だから悲しい物語なんかではないはず――なのに。

「なんで……なんで、ですか」

静寂の中、口火を切ったのは斎川だった。そして。

「どうして君塚さんはいつも、そういう話をわたしたちにしてくれないんですか！」

意外にもと言っては失礼か、斎川は泣いていた。

「違います、これは怒ってるんです！」

テーブルを叩《たた》いて、強く訴えるように立ち上がる斎川。

嬉《うれ》し泣きは聞いたことがあったが、怒り泣きという概念もあったらしい……なんて軽口を叩いたなら、アイドルは泣き止《なや》んでくれるだろうか。

「……もっと話してくださいよ。いつもの軽口だけじゃなくて、そういう話も、もっと、もっと……」

訊《き》かれなかったから、じゃすみませんと斎川は俺を恨みがましく見つめる。

家族というものに対して人一倍思い悩んで生きてきた斎川だからこそ共感し、共有したい思いもあったのかもしれない。

「悪かったな、斎川」

涙を手で拭う彼女を前に、俺は申し訳なさから思わず目を細める。

――でも。

「けどな、斎川《さいかわ》。俺にとってそれは特別な話じゃなかったんだ」

昔、ダニーに言われたことだ。

家族がいないことも、友人がいないことも。

この生い立ちも育ちも、そしてきっと彼との死別も。

それらはすべて、なにも特別なことではないのだと。

プロフィールの一端にすら入れる必要はないのだと。

そう言われて、そう約束したから、俺は――

「……それでも、もっと早く話してほしかったです」

けれど斎川は俯《うつむ》き、小さな声を漏らしながら腰を下ろす。

そんな彼女の頭を、夏凪《なつなぎ》が苦笑しながらも優しく撫《な》でていた。

「やっぱりバカね。アナタは」

すると今度はシャルが、つんと顔を背けた。

このメンツの中では最も知り合いとしての期間が長いシャル相手にも、俺の過去なんていうものを語ったことは一度もなかった。それに、語らなかったのは俺だけじゃない。

「シャルこそ、誰にも話さないだろ」

そう、たとえば。

「お前の両親の……」

「その話は、今は」

エージェントの少女は、俺の続く言葉をシャットアウトする。風が吹いてブロンドの髪の毛が彼女の横顔を隠す。

ああ、分かってる。

俺たちはまだ、なにかを変えようと最初の一歩を踏み出したばかりだ。

夏凪は過去から、斎川は両親から、シャルは使命から、俺は――死者から。

それぞれが抱える呪縛を乗り越えて、俺たちは歩き出した。

そしてまだ誰も本当の意味で、その先にある願いを叶《かな》えるには至っていない。

だから、ここから。また今、ここからなんだ。

「月華《げっか》さん、か」

その時、夏凪がふと小声でその名を呟《つぶや》いた。

白銀《しろがね》月華。

四年以上前、俺と一週間ほど行動を共にしていた、自称怪人二十面相。

彼女がいてくれたおかげで俺はダニー・ブライアントの死の真相に辿《たど》り着《つ》き、彼が最後に残した贈り物を受け取ることができた。

今ごろ彼女はどこで、どうしているのだろうか。

「──まさか、ね」

夏凪《なつなぎ》はなにかに思い至ったような素振りを見せ、しかしその後で首を振った。

「でも、そっか。君塚《きみづか》はそうやって、色んな人に出会ってきたんだ」

「ああ。偶然じゃなく、な」

俺がその言葉を使うと、夏凪は一瞬目を丸くしてから微笑《ほほえ》んだ。

それはかつてダニーもまた言っていたことだった。

俺は必要な時に必要な人物に出会い続けるのだと。そういう風になっているのだと。

そしてそれは恐らく、あいつ自身との出会いも例外じゃなかった。

七年前、自称《師匠》が俺を交番に迎えに来たことも。

彼が死んで一年後、俺の前に《怪人二十面相》が現れたことも。

それから間もなく、白髪の《名探偵》に世界の旅へ連れ出されたことも。

その彼女の死後また一年後、放課後の教室で《同級生》に目を覚まされたことも。

すべてはきっと、俺──君塚君彦《きみひこ》にとっての必然だった。

「でもそれは君塚だけじゃない。あたしたちもそうなんだ」

ふと夏凪が俺を、そして斎川《さいかわ》を、シャルを見つめる。

「あたしたちはそうやって誰かと出会い続けて、意思や希望やその名を繋《つな》いで、繋いで、生きていくんだ。これまでも、これからも」

シエスタやアリシアや、ヘル。その遺志を受け取り、鼓動を鳴らし、今ここで生きてる夏凪渚《なぎさ》は、それから精悍《せいかん》な顔つきで空を見上げた。

「ああ、違いない」

俺もまた、夏凪と同じ空を見上げる。

そう、あの空から始まったんだ。

俺の目も眩《くら》むような冒険譚《ぼうけんたん》は昔、遥《はる》か地上一万メートルのあの青空から。

だけど空を飛ぶには滑走路がいる。走り出すだけの助走がいる。

そのための背を押してくれたある人物の、最後の微笑みがふと瞼《まぶた》の裏に映った。

今から四年半前。そんな彼女——白銀月華《しろがねげつか》に、俺はあの別れの日、一つだけ訊《き》きそびれたことがあった。

別れの日の二日前。俺は電話で月華から「大事な話があるから直接会って話したい」というようなことを言われていたのだが、その直後俺はクローネによって誘拐され、命の危機に晒《さら》された。その事件があったせいで俺も月華も「大事な話」をする機会を見失い、そのまま別れの日を迎えてしまったのだった。

月華は当時、本当は俺になにを伝えるつもりだったのか。

なにを話そうとして……それをやめて、去って行ったのか。

最後の最後まで素顔を見せてくれなかった顔なき、名もなき怪人は、いつかまた会えるだろうかと訊《き》いた俺に、明確な答えをもたらさなかった。

俺はいつかその仮面をぶっ壊してやると約束したが、残念ながらその誓いはまだ果たせていない。あれから四年以上が経《た》った今、まだ彼女に再会すらしていない。

……いや、たとえ会っていたのだとしても、俺には気付けなかっただろう。顔も声も体形も、彼女が語ったプロフィールもすべては偽物だった。街で偶然すれ違っていたところで、俺が彼女に気付く術《すべ》はない。

でも俺と彼女の間には、ある合言葉がある。

だから昔ならともかく、今なら。

夏凪《なつなぎ》相手にも素直にその言葉を使えるようになった今なら、その合言葉によってまた彼女に会える気がする。悪いが根拠はない。それでも。

「約束は、守らないとな」

俺がそう、ぽつりと漏らすと。夏凪が、斎川《さいかわ》が、シャルが、不思議そうに俺の顔を見つめた。俺は「なんでもない」と首を振る。

「良い天気だな」

ただ、いつか彼女と再会するその日までは、ここにいる騒がしい仲間と旅を続けてもいいだろう。あの雨の日とは違う青空を見て、なんとなくそう思った。

【四年前のプロローグ】

あの事件──太陽の家でクローネと戦ってから、約一ヶ月。私は《名探偵》として《原初の種《シード》》率いる《SPES《スペース》》の調査を続けていく中で、遂《つい》に彼らの手が日本に迫っていることを知った。

一ヶ月前のあの日、少年Kは言っていた。自分は身近な誰かに手を差し伸べられる人間になりたいと。しかしそんな彼の手の届く範囲に、見えない毒はもうすでに浸食して来ていた。

少年Kの通う中学校では今、《SPES》に与《くみ》する末端の人間がばらまいた、ある薬が横行し始めている。それは以前、この街を《黒服》に調査させていた時にすでに芽が出始めていた事件だった。

早くもその時が来たのだと思った。

私と少年Kの手で未来を変える。そう言うと大げさに聞こえるかもしれない。

でもこれは本当の話だ。夢物語でも、お伽噺《とぎばなし》でもない。

これは私たちにとって紛《まぎ》れもない現実だ。

だからこそ私は今ここに座って、新しいなにかが動き出すのを待っている。

え、どこにいるのかって？

それは――

「当機は、あと一名様のご搭乗をお待ちしています」

そう、ここはアナウンスの通り飛行機の中。この後予定通りにいけば、上空一万メートルにてとある事件が起こる。それを探偵として解決するために、私はこの便の窓際の座席に座っていた。

隣は、空いている。

そして私はそこに座るはずの人物を待っている。

とは言え、待ち合わせをしているわけではない。ゆえに予定通り彼が現れたとしても、私の存在には気付きすらしないだろう。

今の私は、本当の私。

白銀《しろがね》月華《げっか》という仮面を脱ぎ捨てた、コードネーム――シエスタとしてここにいた。

「ねえ、君は私の素顔を見てどう思うかな？」

前にも少しだけ考えたことを思わず呟《つぶや》いた。

美人だと思ってくれるかな、なんて。

それよりも、彼がここに来てくれさえすればなんでもいい。

もう一度彼に会って、それから、それから——

「…………」

私は右手で自分の左手を押さえた。

柄にもない。私の左手は、少しだけ震えていた。

本当に少年はここに来てくれるだろうか。

彼のことだ。私の計画に巻き込まれる前に、他の事件に遭ってはいないだろうか。

そう、彼がここに来ない可能性は十分ある。

前にミアが言っていた。《聖典》に書かれた未来をも変え得る存在——特異点《シンギユラリテイ》。

だけどその性質故に、いくら私が彼と出会い直すことを望んだところで、彼とパートナーになろうとしたところで、それが実現するかどうかは分からない。《特異点》に再現性はない。所詮、探偵の推理など彼には通用しないのだ。

だけど、それでも、と思う。思ってしまう。そんな性質を抱える彼に、再び出会うことができたなら。できてしまったなら、その時それは運命と呼べるのではないか——なんてことを考えてしまうのは、やはり映画やドラマの見過ぎだろうか。

「でも、君が悪いんだよ」

そう呟《つぶや》きながら私は、まだ飛び立つ前の飛行機の窓を意味もなく見つめる。

元々、私が少年Kをパートナーに選ぼうと思ったのは、ひとえに彼が《特異点》だったがゆえだ。これから仲間を作るつもりだと、そうアイスドールに電話で啖呵《たんか》を切った時も、私の頭にはそのロジックがあった。あらゆる世界の危機を覆し得る彼がそばにいることで、私は《名探偵》としてさらに大きな仕事を成すことができるのだと——そう思っていた。思っていた、はずだった。だけど。

「君が、私の全部を見透かしたんだ」

あの日、彼は言った。いつか私の仮面を壊してみせると。

君塚君彦《きみづかきみひこ》——最初はどこか私に似ていると思っていて、でも本質は少し違っていて。どうやってそのパーソナリティが形作られたのか、いつの間にか私はその経緯が知りたくなっていて、行動を共にしているうちにやがて答えを得た。得た気になっていた。

気付けば仮面の外れた彼は私をじっと見つめていて、今度は私の仮面を壊すとそう誓った。そして私はそれがなぜか……そう、嬉《うれ》しかったのだ。《特異点》なんて、そんな設定がどうでもよくなるほどに。

だから——という接続詞が正しいのかは分からない。

それでも私は当時、どうしても少年に言えなかった言葉を今日、口にする。

きっと本当はずっと言いたかった「私の助手になってよ」という言葉を今日言うのだ。

白銀月華《しろがねげっか》ではない、怪人二十面相でもない、一人の人間として。

「それも、わがままなのかもしれないけどね」

約一年前、《名探偵》になってからこれまで、私は決して仲間を作らなかった。もちろん、シャルやミアは大切な存在だ。それは間違いない。だけど彼女たちを仲間という言葉で括《くく》って、その挙げ句に私の無茶《むちゃ》に巻き込みたくはなかった。だから二人のことは大事に思いながらも努めて一線を引くようにしていた。

でも、少年に関してはそうも言っていられないだろう。これから先、私と共に行動をしていくうちに大きな危険に巻き込んでしまう可能性は高い。そんな私の冒険譚《ぼうけんたん》に、本当に彼は付き合ってくれるのか、付き合わせていいのか。

何度も考えて、一度も答えの出ていない問いが、再び私の頭を駆け巡る。ただ唯一、私が妥協案として導き出した答えが、彼をこの旅のパートナーに誘って、もしも断られたらきっぱり諦めるという決断だった。

「引き受けて、くれるかな」

もちろん、そう易々《やすやす》と乗れる誘いではないことは分かっている。

ゆえに最大三回までの勧誘は許容とする。

「……五回にしようかな」

私は自分の不器用さを加味して、少しだけ幅を持たせることにした。

けれど、その代わりに。もし少年が私の誘いに乗ってくれたとしても、その旅が彼にとって悪影響しか及ぼさないと判断したら、すぐにお別れをする。これだけは絶対だ。そう心に決めて、うるさいほどに高鳴る心臓を落ち着けながら私は静かにその時を待つ。

「ねえ、少年」

ねえ——君のことをなんて呼ぼう。

私は次なる難しい問いに挑む。

もしも彼が隣に来てくれたなら、私は彼をなんて呼んだらいいのだろう。

少年？　——それはおかしい、実は私たちの歳《とし》は変わらない。

じゃあ、君彦《きみひこ》？　——さすがに少し馴《な》れ馴《な》れしいかな。

君塚《きみづか》くん？　——なんだか私のキャラと違う気がする。

「コードネームとかないのかな」

それがあれば呼びやすいんだけど……こうして考えてみると意外と難しい。なんでこんなことで悩まなくちゃいけないのか、段々と腹が立ってきた。

というか最近会っていなかったから顔も忘れてきてしまった。どんな顔だったかな。確かそれなりに顔は整っているはずなんだけど、どこか覇気がなくて、なんだかすべてを諦めたような淋《さび》しい瞳をしていて、でもたまに見せる笑顔は少しだけ可愛《かわい》くて、だけどそれは彼の仮面の一つに過ぎなくて。それでも最後に笑ってみせた顔だけは、きっと本物の彼の笑顔で。

あとは、そうだな——

——ため息が似合う、その横顔だ。

私はホッと胸を撫《な》で下ろし、思わず緩んでしまいそうになる頬《ほお》を必死に押さえて、眠ったフリをする。

バレてはいけない。

今ここに月華《わたし》がいることに。

気付かれてはいけない。

はしゃぎ出したくなるほどのこの気持ちに。

目を瞑《つぶ》った私は高鳴る心臓の音を自分で聞きながら、少年の気配を感じ取る。

彼だ。私と同じ匂いがする、彼が今確かに隣にいた。

「やれ、理不尽だ」

すると少年は、恐らくここに来るまでに起きた出来事を回想して、そうひとりごちた。

いつかも聞いたその言葉は、どうやら彼の口癖になったらしい。

だったら私は、そんな彼にこれから降りかかるありとあらゆる災厄を、最も単純な言葉で打ち消し続けよう。こんな理不尽に満ちた世界は、バカげていると。

それから間もなく、乗客が揃《そろ》った旅客機はハッチを閉めて滑走路を走り出す。

向かうは遥《はる》か、上空一万メートル。

ここから私と彼の——いや、探偵と助手の目も眩《くら》むような冒険譚《ぼうけんたん》は始まる。

まずは手始めに。

耳を澄ませば、ほら、こんな声が聞こえてくる。

「お客様の中に、探偵の方はいらっしゃいませんか？」

あとがき

二年ぶりにあとがきを書いています。ご無沙汰しております、二語十《にごじゅう》です。

この度は『探偵はもう、死んでいる。』第六巻をお手に取ってくださり、ありがとうございます！　前回の第五巻で《SPES《スペース》》篇《へん》は一区切りとお伝えさせていただいたのですが、また新しくストーリーが大きく動き出す前に、こうして「君塚《きみづか》とシエスタの本当の出会い」を描く物語をお届けすることになりました。いかがでしたでしょうか？

これまであまり語る機会のなかった君塚のパーソナリティや、語り部になったことで見えてくるシエスタの内面など、今までの巻とは少し毛色の異なる一冊になっていたのではないかなと思っています。この第六巻を通してさらに探偵と助手のことを好きになってもらえていたとしたら、これ以上幸いなことはありません。

さて。改めてにはなりますが『探偵はもう、死んでいる。』の第一巻を発売させていただいてからちょうど二年が経《た》ちました。多くの人に支えられて、コミカライズやグッズ化、そしてTVアニメ化など、シリーズが始まった当初では考えられないほどにこの作品は大きく広がってくれました。ほんの少し前までは自分の頭の中にしかいなかったはずの君塚やシエスタを、今や何万人もの方々と共有し彼らの冒険を共に見守ることができていることの状況は、とても驚くべきことであり同時に嬉《うれ》しくも思います。

そんな探偵と助手の冒険譚《ぼうけんたん》について、時折、読者の方に「最初からこのストーリー展開を考えていたんですか？　結末は決まっていますか？」といったご質問をいただくのですが、端的に言いますと、１００％すべて決まっていたことというのはありませんし、今後の展開も絶対にこうなると断言できることはありません。作中でキーアイテムとして出てくる《聖典》ですが、あれはいわばこの物語の最初のプロットに類するものであり、しかし君塚君彦《きみひこ》はその決まった道筋を覆す存在として定義されています。

　ですのでこれからも君塚や、あるいはシエスタや夏凪《なつなぎ》は、原作者が当初思い描いていたプロットを大きく無視して冒険を続けていくことになるのだと思います。原作者泣かせのキャラクターですね……。ゆえに、ただの一度も最初のプロット通りに物語が進んだことはありません。しかし彼ら彼女らが作中で納得のいく答えを見出《みいだ》すまでそれに付き合いたいなと思いますし、それが執筆を続けるなによりの原動力に今はなっています。

　以下、謝辞です。あまりにもこの作品に携わってくださる方が増えた今、個別に感謝の言葉を記すための紙幅が足りないこと、ご容赦ください。原作、コミックス、ＴＶアニメ、グッズ企画や各種イベントを含めまして『探偵はもう、死んでいる。』という作品の制作、宣伝、販売に関わってくださっているすべての皆様、そしてなによりシリーズ刊行当初よりここまで応援してくださっている読者の皆様に、改めて二年分の感謝を申し上げます。本当にありがとうございました。そして今後ともどうぞ、よろしくお願いいたします。

カチャ
シエスタ
コミカライズの宣伝《せんでん》にきたのになにくつろいでるんだ
漫画：麦子
ごめんね読《よ》みふけってしまった
一体《いったい》なにを…
!
それは…

助手《じょしゅ》はいつも頑張《がんば》っていたんだと
嬉《うれ》しくなってしまって
あのコミュ障《しょう》の君《きみ》が…
おい
心配《しんぱい》だったんだよ

独《ひと》りにしてしまったこと
でも今《いま》は
新《あたら》しい仲間《なかま》とあの頃《ころ》のように旅《たび》ができている

ちょっと嫉妬《しっと》してしまうくらい
シエスタ…
あ
アップルパイ焼《や》いたんだった
お茶《ちゃ》でもしながら
ゆっくり思《おも》い出話《でばなし》をしようよ
さあ座《すわ》って座《すわ》って
ああ
コミカライズ『探偵はもう、死んでいる。』『探偵はもう、死んでいる。-the lost memory-』よろしくお願《ねが》いします!

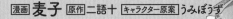

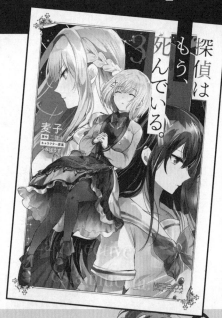

『たんもし』コミ

WEBにて連載中!

ニコニコ静画

ComicWalker

原作2巻コミカライズ

MFコミックス アライブシリーズ

探偵はもう、死んでいる。 -the lost memory-

漫画 poni 原作 二語十 キャラクター原案 うみぼうず

MF文庫J

探偵はもう、死んでいる。6

2021年11月25日　初版発行

著者　二語十
発行者　青柳昌行
発行　株式会社KADOKAWA
〒102-8177 東京都千代田区富士見2-13-3
0570-002-301（ナビダイヤル）

印刷　株式会社広済堂ネクスト
製本　株式会社広済堂ネクスト

Printed in Japan　ISBN 978-4-04-680914-8 C0193

●お問い合わせ
https://www.kadokawa.co.jp/（「お問い合わせ」へお進みください）
※内容によっては、お答えできない場合があります。
※サポートは日本国内のみとさせていただきます。
※Japanese text only

◇◇◇

この作品は、法律・法令に反する行為を容認・推奨するものではありません。

【 ファンレター、作品のご感想をお待ちしています 】
〒102-0071 東京都千代田区富士見2-13-12
株式会社KADOKAWA　MF文庫J編集部気付「二語十先生」係「うみぼうず先生」係